读客彩条外国文学文库

熊猫君激发个人成长

一个燃尽自我的病人

［英］格雷厄姆·格林　著

傅惟慈　译

文汇出版社

图书在版编目（CIP）数据

一个燃尽自我的病人 /（英）格雷厄姆·格林
(Graham Greene) 著；傅惟慈译 . —— 上海：文汇出版
社 , 2022.7
　　ISBN 978-7-5496-3786-7

　　Ⅰ . ①一… Ⅱ . ①格… ②傅… Ⅲ . ①长篇小说 – 英
国 – 现代 Ⅳ . ① I561.45

中国版本图书馆 CIP 数据核字（2022）第 097880 号

一个燃尽自我的病人

作　　者 /　〔英〕格雷厄姆·格林
译　　者 /　傅惟慈

责任编辑 /　徐曙蕾
特邀编辑 /　高　洁　　叶　子　　王　品
封面装帧 /　陈艳丽

出版发行 /　文汇出版社
　　　　　　上海市威海路 755 号
　　　　　　（邮政编码 200041）
经　　销 /　全国新华书店
印刷装订 /　河北中科印刷科技发展有限公司
版　　次 /　2022 年 7 月第 1 版
印　　次 /　2022 年 7 月第 1 次印刷
开　　本 /　880mm×1230mm　1/32
字　　数 /　188 千字
印　　张 /　9.25

ISBN 978-7-5496-3786-7
定　　价 /　66.00 元

A BURNT-OUT CASE

致米歇尔·雷沙特医生的信

亲爱的米歇尔：

　　我希望您会接受我献给您的这部小说。如果这本书还有值得赞许的地方，那完全要归功于您热忱、耐心的帮助。书中的瑕疵、缺陷和谬误自然应由作者负责。科林[1]医生对麻风病的经验全部是从您那里得来的，但他借用您的地方也只限于疾病知识。他行医的处所并非您那座麻风治疗院。（我担心您那座治疗院已经不复存在了。）甚至在地理位置上，科林的治疗院离庸达也极遥远。当然了，我在庸达和喀麦隆的几个麻风病治疗区观察到的恐怕都是一些表象，但所有这些地方的特征彼此都是相同的。至于从您那个布道团的神父们身上，我只窃取了院长一刻也不离嘴的雪茄（仅此一物），此外就只有主教的小艇了。主教非常慷慨，把他这艘船借给我，供我乘坐驶向鲁基河上游。如果有人想寻找奎里、

---

[1]　科林是书中人物。——译者注（本书中注释若无特别说明，均为译者注。）

莱克尔夫妇、帕金森和托马斯神父等书中人物的原型，恐怕都是徒劳，他们都是作者用三十年来积攒在脑子里的残渣碎片拼凑而成的。我写的不是一本"影射小说[1]"，只是选定一个远离国际政治纠葛同个人家务困扰的处所，用以对信仰、半信仰和无信仰几种心态进行一番剖析而已。因为只有在我选择的这种气氛里，不同心境的差异才能为人深切感知并被明确地表述出来。我写的刚果只存在于人的心中，在任何一幅地图上读者都不会找到吕克这个地方，任何地方首府也没有吕克的总督和主教。

　　除了您，我想任何人都不会知道我的成品离我的预期差距有多大。一名医生常因一事无成而陷入长久的绝望；作家与此相同，也总为写不好称心作品终生耿耿于怀[2]。我多么希望能献给您一部更好的作品，用以酬报我旅居庸达时您同布道团的那些神父对我的深情厚谊啊！

格雷厄姆·格林谨上

1　原文为法语：roman à clef。
2　原文为法语：cafard，意为苦闷、忧郁。

我还没死，但也不算是活的了。

——但丁

在正常情况下，每个人都有自恋情结。但也有例外：有人生来器官残缺、肢体畸形，或者后天不幸变为残疾，其自恋本性就走向反面，对自己心生厌恶。虽然日久天长，这种人对自己的残疾也许习以为常，但这只是表象，在潜意识中却始终镌刻着深受伤害的印记。这就使他的性格发生某种扭曲，并对社会人群疑虑丛生。

——摘自R.V.瓦德卡尔某一简述麻风病的小册子

第一部

第一章

1

　　客舱的旅客在日记上写了一句模仿笛卡儿的话："我感到不舒适，所以我是存在的。"这以后他坐在那里，拿着笔，再也想不出有什么好写的了。船长穿着天主教神父穿的白法衣，正站在餐厅敞开的窗户前边读每日祈祷书。就是在窗前也没有什么风，船长的长长胡须并没有飘摆。船上这两个人单独相处已经有十天了——所谓单独，就是说不算船上的六名非洲籍水手和甲板上一打左右的旅客。轮船每在一个小村庄停泊一次，甲板上的旅客都更换一些人，但谁上谁下没有一个人说得清。轮船是主教的私产，样子像是行驶在密西西比河上的一艘破烂的明轮船，前楼高高耸起（十九世纪的轮船式样），白漆斑驳脱落，早就需要重新油漆了。从餐厅的窗户里，他们可以看到河道在船前面蜿蜒盘绕，旅客中的妇女坐在烧锅炉用的木柴堆中间梳理头发。

　　如果没有变化就意味着宁静，他们这样像果仁似的被包裹在不舒适的硬壳中心，就确实在享受宁静——河流狭窄到只有一百米宽，热气吞噬着他们；洗淋浴时从机器房里流出的水总是热的；夜晚蚊虫的滋扰和白天一群群翅膀倒背着、活像小喷气式飞机似的采采蝇（轮船经过的最后一个村庄岸上竖着一个牌子，用三种文字警告人们说"昏睡病蔓延区。小心采采蝇"）。船长在读每日祈祷书时，手里拿着一个蝇拍，每打死一只就把那小尸体举起来叫这位房舱中的客人查看，嘴里念叨着"采采蝇"——这几乎是两个人交谈的全部内容，因为谁也不会准确、流利地讲对方的语言。

一天天就这样过去了。每天清晨四点，这位旅客就被餐厅里圣钟丁零零的声音从梦中唤醒。他住在主教的房舱里，这间房舱有一个十字架、一把椅子、一张桌子、一只蟑螂钻来钻去的衣橱和一张图片——图片上是勾起他乡愁的欧洲某地一座冰封雪盖的教堂。再过一会儿，从这间房舱的窗户后边，他就可以看到做完了晨祷的人经过跳板走回家。他望着这些人爬上陡峭的河岸，消失在岸那边的矮林里。他们一边走一边摇晃着手里的灯笼。零散的队伍，很像他有一次住在新英格兰一个村庄里看到的唱圣歌的人。五点钟，船又启动了。六点钟，太阳升起来的时候，他开始和船长一起吃早饭。这以后的三个小时，在炎热真正开始以前，是他们一天中最美好的时刻。我们这位房舱旅客发现，他居然能够怀着半麻木的心情怡然自得地望着那卡其色的浑浊的湍流。他乘的这艘小轮船正以每小时三海里[1]的速度挣扎前进。安装在圣

---

1 1海里为1.852千米，3海里为5.556千米。——编者注

坛和神圣家族[1]下的轮船发动机，像一头筋疲力尽的野兽一样喘着气，轮船尾部的大轮子拍击着浪花。船虽然行驶得这样缓慢，却使出了全部力气。每隔几个小时，就有一个渔村映入眼帘。为了不受暴雨后河水的冲刷和水老鼠的啮咬，房屋都建筑在高高的木桩上。时不时一个水手会大声招呼一下船长，于是船长拿起枪来，瞄准岸上某个生物的迹象开一枪。在森林的蓝绿色的浓荫里，只有船长和水手的锐利目光才能分辨出哪里有一个小生物。他看见一条刚出生不久的小鳄鱼正在一截倒在水中的树干上晒太阳，一只鱼鹰一动不动地在树丛里寻觅着什么。到了九点钟，炎热真正开始。这时船长已经背完了每日的祷词，或者开始擦枪，或者再打死几只采采蝇。也有一些时候他坐在餐桌前边，拿出一盒珠子，制造廉价的念珠串。

午饭以后，当森林在令人筋疲力尽的阳光下从船侧悠悠地滑过去的时候，这两个人都回到各自的房舱里。旅客即使把衣服全部脱光也热得无法入睡，而且他无论如何也拿不定主意，是应该开着门窗通进一点儿气流呢，还是应该把门窗关紧，不叫外边的热气进来。轮船上没有电风扇，他每次打一个盹儿，醒来时嘴里都又干又苦；淋浴水是温的，只能去掉身上的泥污，一点儿也感觉不到凉爽。

一天快要结束的时候，还可以享受一两个小时的宁静，这时他坐在下面的船桥上，看着当地非洲人在薄暮里准备晚饭。吸血

1　由孩童时期的耶稣、圣母玛利亚和圣约瑟夫组成。——编者注

蝙蝠吱吱叫着在树林上空盘旋，蜡烛光闪闪烁烁，使他回忆起儿时圣体降福仪式的景象。正在做饭的厨师们的笑语声在船桥间回荡着，过了不多时候有人唱起歌来，但是歌词他却一个字也听不懂。

吃晚饭的时候，为了让舵手看清河岸与暗礁间的航道，他们必须关上餐厅的窗户，拉紧窗帘。这时汽灯在这间小屋发出的热气简直叫人无法忍受。为了尽量推迟上床的时间，他们玩一种名叫"421"的牌戏。两人都一句话不说，像在表演一个哑剧仪式。船长每局必赢，倒好像他信仰的据说能呼风唤雨的上帝，在他掷骰子的时候也能施展神力袒护这位神父。

如果他们想要说些什么，这是他们用蹩脚的法语和蹩脚的佛拉芒语交谈的唯一时刻，但是两人的谈话从来都不多。有一次旅客问道："他们在唱什么，神父？唱的是什么歌？是情歌吗？"

"不是，"船长说，"不是情歌。他们唱的只是一天内的所见所闻，什么他们在经过的一个村子买了几只好锅，到上游可以卖个好价钱啦这些事。当然了，他们在歌里也唱到你和我。他们管我叫作'大拜物教徒'。"说完这句话，船长呵呵笑起来，冲着神圣家族和柜橱顶上可以伸缩的圣坛点头示意。船长的子弹和渔具都是收在这只柜橱里的。他又在自己光着的胳臂上拍了一掌，打死一只蚊子，然后开口说："蒙果语有一句格言：'蚊子并不怜悯瘦人。'"

"他们唱我什么啦？"

"我想，他们现在正在唱呢。"他把骰子和筹码收了起来，继续说，"要不要我给你翻译一下？他们唱的可不是恭维你的话。"

"好，请你给我翻译翻译。"

"'这儿有一个白人，不是神父也不是医生。他没有留胡子。他来自遥远的地方——我们不知道从哪儿来——也不告诉别人他要到哪儿去、为什么去。他很有钱，每天晚上都喝威士忌，香烟从不离口。可是他从不让别人抽一支。'"

"我可真没想到要让他们抽烟。"

"当然了，"船长说，"你要到哪儿去我是知道的，可你也从来没有对我说过，为什么要到那儿去。"

"公路都被大水冲断了，现在我们走的是唯一可以通行的路。"

"我想知道的不是这个。"

每天晚上九点钟左右，如果河道不够宽，船只无法继续航行的话，他们一般就靠岸停泊。有时候他们可以找到一只反扣在岸边、已经开始糟朽的木船。下雨的时候，木船可以给形形色色的旅客避避雨。有两天晚上，船长把他的一辆旧自行车弄到岸上，骑着它磕磕颠颠地驶过幽森的内陆。他每次都是到一个住在几公里外的白人种植园主那里去，看一看他们有什么货物要运。垄断了这条河和一些支流运输的是一家叫奥特拉柯的公司，船长不想让这个公司刁难人。也有些时候，他们泊岸较早，会接待几个不速之客。有一次登船的是一个男人、一个女人和一个孩子。这些人因为长期暴露在炎热和潮湿中，皮肤好像生了白化病似的呈现出不健康的颜色。他们坐着一辆老旧的可以乘人也可以载货的汽车，从茂密的雨季森林中驶了出来。男人在船上喝了一两杯威士忌酒，和神父一起抱怨了一阵子奥特拉柯公司的木柴要价太高，又谈论起离首都几百公里以外发生暴乱的事。女人一言不发地坐着，握着孩子的手，目不转睛地望着神圣家族的画像。如果没有欧洲籍的客人，也总有当地的一些老太婆到船上来。这些老太婆裹着头巾，围着非洲妇女的大袍子，衣服上鲜艳的色彩早已褪尽，就连上面的图案——什么火柴盒啦，苏打水瓶啦，电话机啦，以及其他白人日常生活中用的一些小玩意儿——也很难分辨出了。她们跪着蹭到小餐厅里面，在噼啪作响的汽灯下耐心地等待着，直到有人注意到她们。这时船长就向他船上的旅客做一个告罪的手势，请他回到自己的房舱去，因为老妇人要向他做告解，外人是不能听的。又一天就这么过去了。

2

一连好几个早上，黄色的蝴蝶一直追逐着他们的小轮船。在驶出采采蝇地区之后，这是一个可喜的变化。天刚蒙蒙亮，河流仍然笼罩在一层像大蒸锅里冒出的白色雾气下面，黄蝴蝶已经飞落到他们的餐厅里了。晨雾散开了，他们看到岸上盛开着一排白色睡莲，从一百米以外望去，这些花像是一大群天鹅。这里的河道比较开阔，除了汽船的轮子把河水搅浑的地方，整个河流呈现出白锡色。林木的绿色倒影好像不是从岸上投到水面，而像是透过一层薄薄的、透明的白锡从水底映现上来的。两个站在独木舟上的人，腿被影子拉长，看去像是在齐膝深的河里涉水。船上那位旅客说："你看那边，神父。这是不是可以向你解释，为什么过去有人认为耶稣能在水面上行走？"但是船长这时正专心致志地对着睡莲边上的一只鹭鸶瞄准，并没有回答旅客提出的问题。这位神父有着嗜杀癖，不论看到什么野生动物都要开枪，倒仿佛只有人类才有权利不遭横杀似的。

六天以后，他们来到了一座给非洲人设立的天主教神学院。这座神学院高高矗立在土岸上，像一座用红砖砌成的丑陋的大学。船长过去曾在这里教过希腊文，所以他们就在这里停泊过夜。这固然是为了叫船长有机会到岸上叙叙旧，但也是因为在这里买木柴比从奥特拉柯公司买便宜得多。木柴的装船工作马上开始——船上的钟还没有敲第二次，年轻的非洲神学院学生就已经在岸上列队站好，把木柴一捆捆地运到甲板上来，这样第二天一破晓轮船就可以起锚了。晚饭后传教士都聚会在一间休息室里，只有船长一个人穿着法衣。神学院的人中，有一个蓄着整整齐齐的尖圆形络腮胡的神父穿的是一件开领的卡其衫，这使得船上的那位旅客想起他在远东认识的一位外籍兵团中的年轻军官，这人性格鲁莽、不遵守纪律，结果使自己做了无谓的（尽管是英勇的）牺牲。另一位神父的样子活像一位大学经济学教授，还有一位很可能会被认为是律师，此外还有一位像是个医生。但当这些人拿起火柴棍当筹码玩起一种简单纸牌游戏时，却个个没有顾忌地哈哈大笑，为了一件小事就不无夸张地手舞足蹈——这暴露了这些人长期过着与世隔绝的生活，已经变得天真且孩子气了。那些被困在浮冰上的探险家，以及战争早已结束但仍长期作为战俘被囚禁的人，就常常表现出这种幼稚和天真。他们把收音机打开，收听晚间的新闻广播。但这也只是出于一种习惯。多少年以前，由于他们早已记不清的某一动机，有人收听广播，这以后就成了惯例。现在收听广播纯粹是一种模仿动作。他们对于欧洲的紧张形势和内阁的更换并无兴趣，对河那边几百公里外发生的骚乱也没什么好奇心。那位旅客感到自己置身在这些人中间非常安全——他们绝不会向他提出什么不知深浅的问题。他又一次回忆起外籍志愿军兵团。如果他是一个想逃避正义制裁的杀人犯，在这样的地方是不会有人好奇地挑开他秘密的伤疤的。

虽然如此——他自己也说不上为什么——他们的笑声叫他听起来很不舒服，就像一个吵闹的孩子或者一张爵士乐唱片那么刺激他的神经。他们对很多小事情——就连他从船上给他们带来的一瓶威士忌酒，都高兴得要命。这使他感到很恼火。那些同上帝结了婚的人，他想，也可能变成婆婆妈妈的人，这种婚姻同其他婚姻一样单调起来。"爱"这个词就像举行弥撒仪式似的，意味着嘴唇与嘴唇的正式接触，"万福玛利亚"同"亲爱的"一样，都是一封信开头的客套称谓。这种婚姻也同世俗的婚姻一样，是被上帝和他们所共有的习惯与癖好所维系住的——上帝的癖好是受人顶礼膜拜，他们的癖好是膜拜别人，但都是有时有晌的，正像到了星期六晚上才在郊区拥抱一样。

笑声更高了，船长作弊被人发现了，于是传教士们互相比赛着玩各种花招儿：偷当筹码用的火柴棍，趁别人不注意把牌甩掉，故意叫错牌……像小孩子做的大多数游戏似的，眼看这场牌戏就要以一场混乱而告终，没准儿上床以前还得有人抹眼泪吧？旅客不耐烦地站起身来，离开他们，绕着这间凄冷的休息室兜了个圈子。墙上挂着新选的大主教的照片：一张像是个性格古怪的校长的面孔瞪着眼睛向下盯着他。一个巧克力色的餐具柜上放着几本侦探小说，一摞教会出的刊物。他信手翻开一本，这本刊物使他想到中学出的校刊。一篇文章报道了在一个叫奥博柯的地方举行的一场足球赛。另一篇是一位老校友写的连载散文的第一篇，题目叫作《在欧洲度假》。一份墙历上印着另外一个传教团体的照片：传教士的带平台的住宅，住宅旁边照例是一座用不合适的砖石建筑起的丑陋的教堂。也许这是另外一个教派的传教团。建筑物前面站着几个神父，个个咧嘴大笑。旅客很想知道，他是从什么时候起开始像讨厌臭味那样讨厌起笑声来的。

他走到外面月光朦胧的暗夜里去。即使在夜里，空气仍然是潮湿的，一和面颊接触就化为细碎的雨珠。船的底层甲板上点着几支蜡烛，高一点儿的地方一支火把在移动，清清楚楚地显示出汽船停泊的位置。他转身离开河流，在神学院教室后面发现了一条通向地理学家可能称之为"非洲心脏"的土路。他自己也不知道为了什么，借着月光和星光的指引，沿着这条路走了一小段。他听见前面传来音乐的声音。他沿着这条路走进一个村子，又从另一端走出来。村子里的居民还没有睡觉，也许因为这一天正好是满月。如果是这样，这些村民对月亮盈亏的注意可比他日记上的记载更确切。人们敲打着从传教团捡来的空罐头筒啊，沙丁鱼罐头啊，海因兹牌蚕豆罐头啊，李子罐头啊，什么都有，还有一个人正在弹奏自制的竖琴。一张张面孔从小火堆后面窥视着他。一个老太婆姿势笨拙地跳着舞，一边跳一边拍击着围着一块布袋的后胯。他又一次被这种天真的笑声弄得心烦意乱。这些人并没有笑他，他们只不过是彼此笑闹。正像刚才在神学院的大休息室里一样，他被遗弃在自己的天地内。在他的领域，笑声好像是敌人的语言，他是无法听懂的。这个村子非常贫穷：泥土棚子上的茅草屋顶因为鼠咬雨淋早已疮痍累累了；妇女们腰上围着装白糖和粮食用的旧布袋。他看出来这里的居民是俾格莫依族人，是侏儒般的俾格米族人同别族人杂交的后裔。这些人并不是强大的敌人。他转过身来，回到了神学院。

屋子已经空了，牌局早已散了，他走进自己的卧室。他已经习惯了汽船上狭小的房舱，如今置身于一间空旷的大房间里，不禁有一种无遮无盖的感觉。房间只有一个洗脸盆架、一个水壶、一个面盆、几只玻璃杯、一张椅子、一张架着蚊帐的窄床和摆在地板上的一瓶饮用水。一个神父敲了敲门，走了进来。这个人可能是神学院的院长。他对旅客说："你还需要什么吗？"

"不需要，我什么都不要了。"他差一点儿就加上一句，"这正是我的苦恼。"

院长向水壶里望了一下，看看水是否灌满。"你会发现这里的水是黄的，"他说，"但是实际上却很干净。"他把肥皂盒的盖子揭开，为了让自己放心，确实没有忘记放肥皂。肥皂盒里摆着一块从没有用过的橘红色香皂。

"'救生圈'牌的。"他不无骄傲地说。

"我小时候用过这个牌子，"旅客说，"后来就再也没用过了。"

"很多人都说这种香皂可以防治痱子。可是我从来没长过痱子。"

突然间，旅客发现他不能再什么心里话也不说了。他开口说："我也没长过。我什么病也没得过。我早就不知道什么叫痛苦了。这些事也早就和我没缘了。"

"也没缘了？"

"跟其他的事物一样。对我说来什么事都已经到了尽头了。"

院长一点儿也没感到好奇地向屋外走去，一边走一边说："啊，好吧。你知道，痛苦是一种只要你需要，随时就可以提供给你的东西。睡个好觉，我明天早晨五点钟叫你。"

第二章

1

科林医生在查看一个人的化验记录——为检查麻风杆菌取下的皮肤切片，经过化验，一连六个月的结果都是阴性。腋下挂着一根拐杖、站在他面前的这个非洲人，已失去了手指和脚趾。科林医生说："好极了。你的病已经好了。"

这个人向医生的诊桌走了一两步。他的两只没有脚趾的脚像是两根棒子，走起路来好像在用桩子夯地。他有些担心地说："我得离开这儿了吗？"

科林医生看着这人伸出一只残疾的手掌，那活像一块快要雕刻成手形的木块。麻风病院的一条院规是，只收容有传染性的病人，病愈的人必须回自己的村子去，或者，如果可能的话，在省会吕克的医院里作为门诊病人继续接受必要的治疗。但是吕克离这里很远，不论走陆路还是水路都有好几天的行程。科林说："你到外面去找工作很不容易，我给你想想办法。你先和修女们谈谈。"失去指头的手看来什么用也没有，但是它能学会的技艺实在惊人。麻风病院里就有一个没有手指的病人会织东西，同修女织的一样好。但是这种成功也可能是很可悲的，因为这让我们看到，他们不得不抛弃掉的一部分肢体是多么宝贵。十五年来，医生一直梦想，有一天他会募集到足够的基金，给每一个肢体残缺的人制造出特殊的工具，但是现在他却连给医院病人购置像样的褥垫的钱都快没有了。

"你叫什么名字？"他问。

"迪欧·格拉蒂亚斯。"

医生不耐烦地喊叫下一个病人。

这是一个手指神经麻痹的年轻女人，手像鸡爪一样。医生试着弯了弯她的手指。她疼得浑身一哆嗦，但是仍然面带笑容，又勇敢又有点儿卖弄风情，倒好像只有这样她才能讨好医生，叫医生不再给她更多痛苦似的。她的嘴唇上涂着紫色口红，和她的黑色皮肤很不相称。她右边的乳房裸露在外面，因为刚才在诊所外面的台阶上，她还在给自己的孩子喂奶。她的一只胳膊上有一条长长的疤痕，足有半臂长，那是医生为了剥出被管鞘压死的尺神经给她做了切割手术后遗留下的痕迹。现在这个年轻女人使一点儿劲就可以稍微弯曲一下手指了。医生在她的病历卡上写了"石蜡"[1]两个字，以请修女们注意，接着他又叫下一个病人。

十五年来，医生只记得有两天比今天的天气更热。连本地的

1　指用石蜡热疗，以缓解手部的疼痛。——编者注

非洲人都感觉出这种炎热了，因而这一天到诊所来看病的人只有平常的一半。没有电扇装置，科林医生在阳台上临时搭了一个棚子，就在下面看病。一张桌子，一把硬木椅子，他身后是一间狭小的办公室。他很怕进去，因为那里面闷得几乎透不过气来。他装病历的柜子就摆在里面，铁柜简直烫手。

一个又一个病人把身体裸露给他。虽然看了这么多年病，他对某些麻风病患者身上发出的甜丝丝的腐肉味，还是不能完全习惯。对他来说，这种气味简直成了非洲人的气味了。他用手摸着那生了病的皮肤，又机械地做病历记录。这些记录没有什么价值，但是他知道他的手指是能给病人以安慰的：他们从医生那里知道，自己并不是不可接触的人。既然治疗肉体病痛的方法已经发明出来，他必须永远记住，麻风病还仍然是一个心理学上的问题。

科林医生听到从河上传来了汽船上的船钟声。院长骑着自行车，经过诊所向河滩驶去。他招了招手，医生也举手示意。说不定来的是久已误期的奥特拉柯公司的班船。班船本应该两周来一次，带来信件，但是它却从来没有准期来过，不是因为突然要装载一批货物而被耽搁住，就是哪里的排气管出了毛病，中途抛了锚。

一个婴儿啼哭起来，于是诊所左近的所有婴儿像一群小狗似的立刻齐声号叫起来。"亨利！"科林医生喊了一声。年轻的非洲药剂师用当地话高喊："快奶奶孩子。"于是平静马上就恢复了。十二点半，医生开始午休。他在那间又闷又热的小办公室里，用酒精把手擦干净。

他向河滩走去。他一直等着从欧洲寄来的一本书——一本日文版的《麻风病分布图》。也许这本书会随着这批邮件寄来。麻风病村的一条长街一直通向河边。一幢幢两间一套的砖房，后院搭着一间小土房。十五年以前他刚到这里来的时候，只有土坯砌的房子，现在他们则用这些房子做厨房了。但是如果哪个病人知道自己没有几天好活，他还是自愿搬到后院的小土房里去。在一间摆着收音机、挂着前任大主教照片的房间里，他是不能平静地死去的；他愿意死在自己无数祖先告别人世的地方，死在一个充满泥土和树叶气息的阴暗的角落里。左手第三个小院里，现在就有一个老人等待着死神的召唤，厨房门后的暗影里摆着一张破烂的帆布椅，他正静静地坐在椅子上。

走出村子，就在快要看见河流的地方，人们正在清理一块地，准备将来有一天在这里修建起新的麻风病医院。

一群麻风病病人正在砸实最后一块地基，监督他们的约瑟夫神父在同他们一起劳动，卖力地夯着地。约瑟夫神父穿着一条旧卡其短裤，头上戴着的一顶软帽，好像是多年以前被河水冲到河滩上让他拾起来的。

"是奥特拉柯公司的班船吗？"科林医生高声问道。

"不是，是主教的船。"约瑟夫神父回答道。他一边说一边往远处走，两脚在地上跺着，看一看土地是否夯实了。他早已染上了非洲人的习惯，同人讲话的时候脚步不停，而且总是用脊背对着你。他说话也像非洲人似的，声音高亢，语调常常变化："他们说船上有一个旅客。"

"一个旅客？"

作轮船燃料用的木柴垒成一条小巷，科林医生看到汽轮的烟囱耸立在巷口。一个陌生人正从这条巷子向他走来，看见他的时候，对他举起帽子来。这人同他年纪相仿，也将近有六十岁了，灰白的胡楂早上没有刮，身上穿着一套皱巴巴的热带服饰。"我叫奎里。"他自我介绍说。科林医生拿不定他的口音是法国人还是佛拉芒人，正像他听到这个人的姓还是不能立刻判断出他的国籍一样。

"我是科林医生，"他说，"你准备在这儿住下来吗？"

"船不往前开了。"那人回答说，倒好像他的行踪全靠这件事决定似的。

2

科林医生每月单独同院长讨论一次医院的账目。医院的行政开支靠教会维持；医生的薪金和药品则由政府拨款支付。政府比教会有钱，但不太愿意拿出来，医生想尽办法减轻教会的负担。在与共同敌人作战中，医生同院长结成了亲密的战友。医生偶尔甚至还去望弥撒，虽然早在他到这个苦难与炎热的国土之前，已经对传教士们可能信奉的任何神明都失去信仰了。唯一使他恼火的是，院长不论何时何地，除了主持弥撒和睡觉以外，口里总是离不开一支方头雪茄。这种雪茄气味呛人，科林医生的住房又不大，而且这位身为院长的神父总是把烟灰掉到医生的小册子同报告稿里。现在医生就不得不把账本里的烟灰拂掉。这本账本是他为吕克负责医药卫生的官员准备的，他已经把应由教会付的一个新钟和三顶蚊帐的费用移到政府支付款项里面。他做得很巧妙，绝不会引起别人注意。

"真是对不起。"院长一面道歉一面继续往打开的麻风病分布图上落烟灰。地图上鲜艳的色彩和旋涡图形活像是复印的凡·高的风景画。在院长来找他谈话以前，医生一直从欣赏艺术的角度翻看着这本图集。"我真太不像话了，"院长拂去书页上的烟灰说，"哪次也没有像今天这样掉这么多烟灰，可是你知道，刚才莱克尔先生找我来了。这个人把我弄得心烦意乱。"

"他要干什么？"

"啊，他要了解一下咱们新来的这位客人。当然了，他还准备喝点儿客人带来的威士忌。"

"就为这个他跑了三天路，划得来吗？"

"哼，不管怎么说，他至少喝到威士忌了。他说公路已经有四个星期不通车，他一直找不到人谈谈人生哲理的问题，简直把他苦死了。"

"他的妻子身体好吗？种植园经营得怎么样？"

"莱克尔到这儿来是想打听点儿新闻。他从不告诉你他自己的事。另外，他还想同人讨论讨论他精神上的苦闷。"

"我可从来想不到他会有什么苦闷。"

"一个人要是没有别的东西可以向人夸耀，"院长说，"就只有炫耀自己的精神苦闷了。他喝了两杯威士忌以后就同我谈起上帝慈悯的问题。"

"你怎么把他打发了？"

"我借给他一本书。他当然不会看的。答案他早就知道了——在神学院里浪费了六年光阴算把他给毁了。他到这儿来的真正目的是想弄清楚奎里到底是什么人、从什么地方来、要在这里待多久。如果我知道这些事的答案，说不定我会告诉他的。幸亏莱克尔害怕麻风病人，恰巧奎里的用人这时走了进来。你为什么把迪欧·格拉蒂亚斯给他使唤？"

"迪欧·格拉蒂亚斯病已经好了，他的麻风杆菌损害了知觉，病自己就好了。我不想把他打发走。他虽说没有手指和脚趾，可是扫扫地、铺铺床还是成的。"

"到我们这里来的客人有的很挑剔。"

"我可以向你保证，奎里不在乎用人害没害过麻风病。实际上，迪欧·格拉蒂亚斯还是奎里自己要的。他是奎里登岸后遇见的第一个麻风病患者。当然了，我已经告诉他，这个人的病已经好了。"

"迪欧·格拉蒂亚斯给我送来一张条子。我想莱克尔是很不赞成我接触这张字条的。我注意到，在他同我告别时，没敢和我握手。人们关于麻风病有不少奇奇怪怪的想法，医生。"

"都是从《圣经》上看来的。正像人们对性的问题的看法一样。"

"人们对于《圣经》上的东西，只是挑选他们愿意相信的才记住，真是太遗憾了。"院长说。这次他尽量想把雪茄上的烟灰弹到烟灰缸里去，但是他从来也没有弹准过。

"你看奎里是怎么回事，神父？你认为他为什么到这个地方来？"

"我太忙了，没有工夫探索别人的行为动机。我分配给他一间屋子、一张床。多养活一个人不是一件困难的事。说句公道话，这个人很肯帮忙做事——如果说这里有什么忙他帮得了的话。也许他只是在找个地方，能够不受打扰地休息一下。"

"很少有人愿意找个麻风病院来休息度假。当他向我要迪欧·格拉蒂亚斯的时候，我真吓了一跳。我怕我们这里有了一个心理反常、迷上了麻风病患者的人。"

"迷上麻风病患者的人？我是不是这样一个人？"

"你不是，神父。你到这儿来是服从教会的差遣。但是世界上确实有这么一种喜爱麻风病人的人，这你知道，虽然这种人大多数是女人。施威采尔[1]就吸引住了她们。她们好像福音书里记载的那个女人[2]，宁可用自己的头发也不愿意用件什么消毒的东西擦洗别人的脚。有的时候我甚至怀疑达米恩[3]是不是也有这种精神变态。为了给麻风病患者服务，他是用不着让自己也传染上麻风病的。只消采取几点很简单的预防措施就够了。我的手指头如果烂

1　阿尔贝特·施威采尔（1875—1965），阿尔萨斯传教士，曾在非洲传教。
2　指玛利亚，她曾用头发擦耶稣的脚，见《圣经·约翰福音》。
3　达米恩（1840—1889），比利时籍天主教神父，曾在夏威夷莫洛凯岛麻风病区传教治病。

掉，医术反而会更好些吗？”

“我觉得探索别人的行为动机是件得不偿失的事。奎里没有坏心眼儿。”

“他到这儿来的第二天，我带他到医院去看了看。我想观察一下他有什么反应。他的反应很正常——感到恶心，没有好感。我不得不让他闻了闻乙醚。”

“我可不像你这样，医生，动不动就怀疑别人迷上了麻风病患者。有的人安于贫穷，愿意过着贫穷潦倒的生活。难道这是坏事吗？需要劳烦我们创造一个带‘迷’的词来形容他们？”

“迷上了麻风病患者的人不但当不了好护士，自己临了还要传染上这种病。”

“这话尽管有些道理，但你自己刚才也说过，医生，麻风病也是一个心理学问题。患麻风病的人要是感到有人喜爱他们，可倒是一件很宝贵的事呢！”

“病人什么时候都看得出来，别人喜爱的是他本人，还是他得的麻风病。我不需要麻风病有人爱。我要麻风病从世上根绝。全世界现在有一千五百万人得这种病。我们不需要在精神变态的人身上浪费时间，神父。”

“我倒希望你的时间别抓得这么紧。你工作得太紧张了。”

但是科林医生并没有听进去这句话。他说：“你还记得修女们在丛林里开的那座小型麻风病院吗？D.D.S.¹被发现为治疗麻风

1　D.D.S.，二氨二苯砜或氨苯砜，治疗麻风病的特效药。

病的特效药后，这个麻风病院的病人大为减少，最后只剩下六七个人了。你知道有一个修女对我说什么？'太可怕了，医生，'她说，'过不了多久我们就连一个麻风病人也没有了。'这个修女肯定是个迷上麻风病的人。"

"怪可怜的。"院长说，"但是你没有看到事物的另一面。"

"哪一面？"

"一个老处女，没有独自的精神世界，一心要做好事，要替别人服务。世界上为这种人安排的地方并不多。因为每周服用D.D.S.药片，病人越来越少，她为别人服务的机会就逐渐被剥夺了。"

"我还以为你不研究行为动机呢。"

"啊，这只不过是我从表面上观察的，同你给病人诊断差不多，医生。但是如果我们对事情都不深究，看待问题更表面化一些，可能对所有的人倒更有好处。从表面上判断问题并无坏处。相反地，如果我向深处探索，非要研究一下那位修女想为别人服务的动机和后面还隐藏着什么，没准儿我会发现极其可怕的事儿。等挖掘到那个地方，我们就不得不住手了。如果再往深处挖掘，谁知道会怎样——说不定可怕的东西也并不太厚。不管怎么说，只从表面上判断问题还是安全一些。谁要是觉得判断不恰当，也不过耸耸肩膀。就连受害者也不会往心里去的。"

"那么奎里呢？他到底是一个怎样的人？当然了，我是说从表面上看。"

第二部

第一章

1

一个人到了陌生的环境，第一件着手做的事就是创造一点儿熟悉的气氛。如果他从原来的地方带来一张照片、几本书，就会立刻把照片挂起来，把书摆成一排。但是奎里既没有照片，也没带任何书籍，除了随手带的一本日记。第一天清晨六点钟他就被隔壁小教堂的晨祷声吵醒了，他心头非常恐惧，有一种彻底被世界抛弃的感觉。他仰面躺在床上，倾听着小教堂里虔诚的读经声。如果他的印章戒指具有魔法的话，他一定会转动它，祈求任何一个应召而来的精灵把他送回那个他无以名之、只能称为"家"的地方。但是世界上如果真有魔法，也不会附在他的戒指上。隔壁传来一阵阵抑扬起伏、无从理解的诵经声，倒更像魔法力量的来源。就如同某种药水气味似的，这种声音也使他想起了自己很久以前曾经得过的一种病症。他责备自己，为什么会没有想到麻风病区同样也是自己害过的那种疾病的蔓延区呢。他本来认为这里只有医生和护士，却忘记了这里会有这么多教士与修女。

迪欧·格拉蒂亚斯在敲门，他那失去手指的手掌在门上划出嚓嚓的声音。一只水桶吊在他的手腕上，像是衣帽间的挂钩悬着一件外衣。奎里在雇用这个仆人前曾问过科林医生，这个人的残肢是否疼痛，医生一再向他保证，说是肢体残缺就失去痛感了。倒是那些手指强直、神经正在坏死的麻风病患者痛楚很大——疼得几乎无法忍受，有时候可以听见他们在夜间呻吟喊叫，但这种疼痛在某种程度上又防止了手指腐烂。奎里仰面躺在床上，屈伸了一下自己的手指，他并没有感到疼痛。

就这样，从第一天清早起，他着手给自己建立起一套生活规程，在陌生的环境中创造一些熟悉的东西。这是让自己恢复活力的条件。七点钟同神父一起吃早饭。早课晨祷结束后，各人干各人的事。但一到七点，人人都撂下手里的活儿，走进兼做餐厅的大休息室里。保罗神父和菲利浦修士管理发电机，整个教区和麻风病区都由这台发电机供电。让恩神父刚才在修女院主持弥撒。约瑟夫神父已经带着工人在新医院的场地上平整了半天地基了。吃早餐的时候，托马斯神父像吃苦药似的匆匆喝下咖啡，马上出发到学校去。他负责主持两所小学校。这位神父眼窝深陷，一双眼睛像是嵌在一张灰土色脸上的两粒石子。菲利浦修士吃饭的时候闷头不响，从不参加别人的谈话。他的年纪比所有神父都大，只会说佛拉芒语，一张脸因风吹日晒、默默地忍受着生活煎熬，显得非常憔悴。这一张张面孔上的五官都越来越清楚地显现在奎里眼前，就像底片放在定影液里逐渐显出影像一样。但是奎里越来越往后退缩，生怕和他们熟了以后，这些人会问他一些问题。后来他才发现，这些人也同河边那座神学院的人一样，不会问他什么重要问题的。甚至有些不得不问的事，他们也像在讲一个陈述句似的提出来——"如果你要去望弥撒的话，星期天早上六点半有一辆班车到这儿来"——奎里用不着回答说，二十多年以前他就已经不望弥撒了。没有人会议论他不去望弥撒的事。

医生有一些藏书，吃过早饭他就拿着一本从医生那里借来的书，走到下面的河岸去。这一段河流开阔，将近一英里宽。河里停着一艘长久不用、锈迹斑斑的驳船，坐在上面可以不受蚂蚁侵扰。过了九点，太阳一升高，他就开始觉得不舒服了。在这以前，他一直坐在这艘驳船上，有时候看书，有时候只是凝视着平稳流动着的卡其色的河水。长着野草和风信子的土块像小岛似的在水面上漂浮着，以汽船慢行的速度缓缓流下去，漂出非洲腹地，漂向遥远的大海。

河对面长着一些大树，树根耸出地面，像正在建造中的轮船的肋材，树梢颜色焦黄，好像放干的花椰菜。这些大树后面是由热带森林构成的一堵绿墙。河边的大树树干呈冷灰色，不生嫩枝，像大水蛇一样扭曲着。白瓷般的小鸟落在咖啡色的水牛背上。有一次他看到一家人坐在一只独木舟上，整整一个钟头这家人只是闲坐着，什么也不干。母亲穿着一件耀眼的黄色衣服；男人的衣服像树皮一样满是皱褶，他身子弓着，手下横着一支桨，却一直没见他划动；一个膝头上揽着幼儿的年轻女人满脸笑容，笑得像一架盖子已经打开的钢琴。当天气变得太热，不能再坐在阳光下的时候，他就到医院或诊所去找医生。等医生看完了病，半天时间就已经安详地过去了。他在诊所里无论看到什么都不再感到恶心，用不着再嗅乙醚了。一个月以后，他对医生说：

"你们这里有八百个病人，人手很缺，是不是？"

"是的。"

"如果我对你们能有点儿用的话——我知道我没有受过专门训练……"

"你不久就要到别的地方去吧？"

"我没有什么计划。"

"你懂得不懂得电疗？"

"不懂。"

"可以培训一下，如果你有兴趣的话。到欧洲去待六个月。"

"我不想回欧洲去。"奎里说。

"永远也不回去了？"

"永远不回去了。我害怕回去。"这句话他听着有点儿夸张，又改口说，"我不应该说'害怕'，我是说我因为种种原因所以不想回去。"

医生正用手指摸弄一个小孩儿的脊背。在外行人的眼里，这个孩子一点儿也不像得了病的样子。"这将是一个重症病例，"科林医生说，"你来摸摸。"

奎里也可能有些犹豫，但他的犹豫同孩子身上的病征一样，一点儿也没有叫别人觉察出来。开始的时候，他什么也摸不到，后来他的手指碰到几块地方，柔软的皮肤好像略微肥厚了一些。

"你没有一点儿电学知识吗？"

"很抱歉。"

"因为我正等着欧洲运来一种电疗器械。早就该运到了。有了这种器械，我就可以同时测试出皮肤上二十处不同地方的温度。这用手指是感觉不出来的。我希望有一天我能够预测出发生病变的地方。在印度他们已经这样做了。"

"你说的这些事对我来说过于复杂了，"奎里说，"我这人只懂一个行当，只有一门本领。"

"你是干哪一行的？"医生问，"我们这里是一个微型城市，没有几个行当在我们这里找不到事情做的。"医生突然产生了怀疑，盯了奎里一眼，"你不会是个作家吧？这里可不欢迎作家。我们需要安安静静地工作。我们不想叫报刊界发现我们，就像他们当年发现施威采尔似的。"

"我不是作家。"

"也不是摄影师？这里的麻风病人可不准备被弄到哪个恐怖的博物馆去展览。"

"我也不是摄影师。请相信我，我同你们一样，需要的也是安静。如果我坐的那艘轮船还往前开的话，我就不会在这里登岸了。"

"那么你告诉我你干的是什么行业，我们会给你安排个工作的。"

"我早就放弃我那一行了。"奎里说。一个修女骑着自行车从门外经过，不知在忙着什么事。"这里有没有什么简单的活儿给我做，让我维持我的食宿？"他问道，"例如管绷带的事？这方面我可是没有受过训练，不过这并不难学。我想这里总得有人洗绷带吧。由我来干，可以顶替下一个更有用的工人来。"

"这是修女干的活儿。我要是干涉她们的安排，就惹麻烦了。你这么闲待着是不是有些不安心？也许下次轮船再来你可以乘它回到省会去。在吕克机会可就多了。"

"我永远也不往回走了。"奎里说。

"要是这样的话，你最好通知神父一下。"医生的话语里带着些嘲讽的味道。他高声对药剂师说："够了。今天早晨不看了。"在他用酒精洗手的时候，回过头来从肩膀上瞥了奎里一眼。药剂师正往外赶病人，屋子里只剩下奎里同医生。医生说："警察是不是在缉拿你？你可以告诉我，不用害怕——告诉这里任何人都不用怕。你会发现，麻风病院是同外籍雇佣军兵团一样安全的。"

"没有人缉拿我。我没有犯过罪。我向你保证，我的事一点儿也不会引起别人的兴趣。我退隐了，就是这么回事。如果神父不愿意要我在这里，我随时都可以离开。"

"你刚才自己也说了——船不再往前开了。"

"还有陆路呢。"

"陆路是有的，只通往一个方向——你来时的方向。现在经常不通，且现在正是雨季。"

"我还有两只脚。"奎里说。

科林在奎里的脸上寻找笑容，但是奎里的脸却绷得紧紧的。

科林说："如果你真的想帮我忙而又不在乎在路上吃苦的话，这里还有一辆卡车，你可以开着它到吕克去一趟。轮船可能好几个礼拜也回不来。我的新机器说不定已经运到省会了。你来回大概要走八天，如果运气好的话。你去不去？你得在丛林里过夜，如果渡船不通，就得回来。那简直不能叫作路，"他接着说，他想院长是不会责备他劝说奎里干这个苦差事的，"这是说，如果你想帮忙的话……你看得出来，我们这里的人谁也去不了，谁也腾不出手来。"

"我当然去。我马上就可以动身。"

医生突然想，这可能又是一个听从差遣的人，不是听从宗教权威或政府当局，而是听任风把自己向随便哪一个方向刮。他说："你到省城还可以弄回一些冷冻蔬菜和牛肉，神父和我都可以换换口味。吕克有一个冷藏库。叫迪欧·格拉蒂亚斯到我那里取一张帆布床。如果你在卡车上带一辆自行车，头一天夜里可以到贝林家去过夜。他们住在河边上，卡车开不过去。卡车再开八小时可以住在商丹家——除非这家人已经回国，我记不清了。最后一站是莱克尔家，一过第二个渡口就是，离吕克大概还有六个钟头的路。你在他家会受到热烈欢迎，这一点绝无问题。"

"我倒愿意在卡车里过夜，"奎里说，"我不善于交际。"

"我把话说在前头，这次旅行可不是好受的。不去也没关系，反正轮船迟早会把机器运来的。"

他停了一会儿，等着奎里回答，但奎里说的还是那句话，"我很愿意做一点儿事。"双方互不信任，这场谈话没法儿继续下去了。医生觉得，他唯一能平安无事地说出的句子似乎早已封存在诊所的一个药瓶里，散发出一股甲醛的气味。

2

大河在丛林里缓缓地转了个弯，形成了一个大弓背。一代又一代的行政长官都曾努力想从省会吕克修一条公路横穿这一弓背，但都被森林同淫雨击败了。雨季一来，地面就出现一个个的沼泽，河水暴涨，轮渡停摆，公路上每隔一段距离就横卧着一株死树，像是被许多岩层划分开的地质时代。在密林深处，几百年的时光弹指即逝，树木不知不觉地老朽了，这里，那里，一棵树枯死了，斜卧在缠绕着它的古藤的怀抱里。但或迟或早，总有一天藤条再也支持不住沉重的树干，于是它们就把自己的尸骸缓缓地摆倒在一块狭小的隙地上。并没有枢车来把这些尸体运走，要想清除它们只有放火烧掉。

一到雨季，谁也不想走这条公路。住在森林里的几户殖民者这时便完全与外界隔绝了。想要到外面去，只有一个办法：骑着自行车先到河边，在一个渔村露营，然后等着什么时候轮船从这里经过。过一段时间，不再落雨了，但人们还需要耐心地等待着。一直要等好几个星期，政府才能派出人来，在公路上点起火堆把死树烧掉，把障碍物清除开。如果连着几年忽略了清除工作，修好的公路便完全消失，永远不能使用了。莽莽的丛林很快就会把它变成一条似有若无的爬痕，非常像原始人在石壁上刻画的粗线道儿。这时盘踞在路上的便只有爬行动物、昆虫、几只小鸟和猿猴了。对了，也许还有俾格莫依族居民，这是唯一不需要道路便能在丛林中生存的人。

头一天夜里，奎里把卡车停在公路一个转弯处。这里有一条岔路通到贝林的种植园。他打开一个汤罐头、一个法兰克福肉肠罐头。迪欧·格拉蒂亚斯抽空在卡车车厢里给他支起帆布床，点上了酒精炉。他想叫迪欧·格拉蒂亚斯同他一起吃饭，但这个非洲人带来了一口用破布裹着的铁锅，很快就把自己的饭食做好了。于是这两个人闷声不响地各自进餐，中间隔着卡车，倒好像在两个不同房间里似的。吃过饭后，奎里从车头前边绕过来，打算同迪欧·格拉蒂亚斯闲谈两句。没想到他这位仆人一看见他走过来，马上躬身起立，像是奎里走进他房间里来做客似的。迪欧·格拉蒂亚斯这样一本正经，弄得奎里——不管他原来想要说的是什么——一句话也说不出来了。如果这个非洲人有一个普普通通的名字，比尔也好，让恩也好，马克也好，奎里或许还能用法文说一两个简单的句子，偏偏他叫迪欧·格拉蒂亚斯，这个名字好像粘在奎里的舌头上，怎么也吐不出来。

因为知道现在绝对睡不着觉，奎里离开了卡车，沿着最后通到河边或是贝林经营的种植园的小路走了一段。他听到背后迪欧·格拉蒂亚斯的两只脚咚咚地响着。迪欧·格拉蒂亚斯跟在他后面也许是想保护他，也许是害怕被抛在后面，在黑暗中独自待在汽车旁。奎里不耐烦地转回身，他不喜欢别人跟着他。迪欧·格拉蒂亚斯也站住了，他拄着一支拐杖，两只没有脚趾的肉团戳在地面上，活像一个若干世代前就生长在那里、每逢特别节日要受人们奉献祭物的什么邪神。

"这是去贝林家的路吗？"奎里问。

他面前的这个人回答了一声"是"，但是奎里猜想，非洲人对所有这类问题大概都是这么回答的。他回到停车的地方，在帆布床上躺下。他听到迪欧·格拉蒂亚斯在卡车下面窸窸窣窣地也在自己床铺上就寝。奎里仰面躺着，抬头望着天空。他本想能看到几颗星斗，但是蚊帐的纱布却模糊了他的视线。丛林像其他时间一样，夜里一点儿也不宁静。寂静是属于城市的。他梦见一个自己曾经认识、自以为深深爱过的女孩子。她淌着眼泪向他走来，因为她打碎了一个心爱的花瓶，看到奎里并没有像她那样心疼，她非常生气。她在奎里脸上掴了一掌，但奎里一点儿也没有感到疼痛，倒好像她只是在他面颊上用黄油涂抹了一下似的。他说："真是对不起。我的病已经很重。我的神经已经没有知觉了。我是一个麻风病患者。"他正在给她解释自己的疾病时，一下子从梦中醒过来。

在丛林中的日日夜夜，大都是这样度过的。除了无穷无尽的树林叫他感到厌烦外，并没有别的苦恼。渡船并没有停渡，河水也没有泛滥，尽管前一夜下了一场暴雨。落雨的时候，迪欧·格拉蒂亚斯用苫布在卡车车厢上搭了一个帐篷，他自己像每夜一样仍然睡在车厢下面。后来太阳又出来了，在离开吕克几公里远的地方，路终于像是条路了。

3

医生的电疗器械他们寻找了很久才找到一点儿线索。奥特拉柯公司的货运处一点儿也不了解情况，建议奎里到海关去询问一下。海关只不过是河港码头上的一间小木棚子，一群咬架的野狗在周围跑来跑去，汪汪叫着。海关的人对奎里问他的事既不感兴趣又不肯合作，最后他只好到欧洲籍的管理员家里，把管理员从午睡中叫起来。这人住在一套蓝色和粉红色的近代化公寓里，房子坐落在一个小公园旁边。公园里，水泥椅子中午晒得滚烫，没有一个游人。开门的是一个头发蓬乱、睡眼惺忪的非洲女人，看样子她正在和管理员一起享受午休。管理员是个佛拉芒人，已经一把年纪了，不怎么会说法语。这人眼睛下面长着两个大眼袋，像是两只钱包，收藏着一生失意中的一些残缺的记忆。奎里这一个时期已经习惯于蛮荒丛林中的生活，觉得这个人完全是来自另一个时代、另一个种族，同自己没有一丝相同之处。墙上挂着的一份广告月历印着维米尔[1]的一幅三联的彩色画：妻子同几个孩子围着一架盖子没有打开的钢琴。墙上还有管理员本人的一幅肖像，穿着不知哪次战争期间的式样古老的军服。这两件东西都像是一种早已死去的文化遗物。尽管时间还可以准确地推算出来，但它们所代表的感情再怎么研究也绝不会叫人理解的。

管理员非常热情，但也有些慌乱，他好像急于用殷勤招待来

1　维米尔（1632—1675），荷兰画家。

掩饰自己午睡的某种秘密。在匆忙中他连裤子扣都忘记扣好。他请奎里坐下喝一杯酒。但是一听说奎里来自麻风病院，他马上显出惶惑不安的神情，不断斜眼瞟看奎里坐的椅子，说不定他期待着看到麻风杆菌正在往椅垫里钻呢。他说关于电疗器械的事，他什么也不知道，他猜想它或许储放在天主教堂里。当奎里走出他的房间，还没有离开楼梯口的时候，已经听到浴室里开水龙头的声音了。管理员显然正在洗手消毒。

果然是这个情况：装电疗器械的箱子在教堂里存放了很长时间，但是那位负责的神父却矢口否认那里面是仪器。他认为里面装的不是圣徒雕像就是给神父运来的书籍。上次奥特拉柯班船来的时候已经把箱子运走，轮船在河道上某个地方抛锚了。奎里离开教堂，驱车到冷藏库去。午休的时间已经过去了，他排在别人后面等待领取扁豆罐头。

奎里身边响起了一阵吵吵嚷嚷的声音，每个殖民地居民都在为某件小事大发脾气，比赛着嗓门儿大小要把对方的注意力吸引过来。他觉得自己又回到了欧洲。因为怕人认出自己，他本能地拱起肩膀，低下头来。到了这家卖冷冻蔬菜的商店，他才意识到在河边麻风病村里还是能享受到一定程度的宁静的。"你们肯定有马铃薯，"一个女人的声音说，"你们怎么敢睁着眼睛说瞎话？昨天的班机运来的。这是驾驶员亲口对我说的。"在她向欧洲籍的商店经理交涉时，打出的显然是手里的王牌："总督要到我家里来吃饭。"包在塑料口袋里的马铃薯果然神秘地出现了。

一个声音说："你大概是奎里吧？"

他转过头来。招呼他的人身材很高，背有些驼，五官、四肢都比一般人大了一号。这人看上去像是放在浴室里生长的一株植物，因为空气潮湿闷热，枝干长得有些过头了。他蓄着一撮黑色的小胡子，像是嘴唇上挂着一抹煤灰，一张脸生得扁扁的，又狭又长，简直没有尽头，活像是两条平行线永不相交这一定理的实例说明。他把一只焦躁不安的、热烘烘的手掌搭在奎里的胳膊上说："我是莱克尔。前两天我到麻风病院去没有看到你。你怎么会到这儿来了？班船来了吗？"

"我是坐卡车来的。"

"你的车能开过来真是太幸运了。回去的时候一定得在我家住一夜。"

"麻风病院在等着我回去呢。"

"没有你，他们也过得去。再说他们就是等着你回去，路也不通。昨天夜里下过那场雨以后，渡船又得停了。你在这儿等着买什么？"

"我只买一点儿扁豆和……"

"伙计！给这位先生拿一点儿扁豆。你知道，在这儿买东西非得大声嚷嚷，不然他们就不理你。你要是不在我家过夜就只能待在这儿等着河水落下去。我告诉你，你不会喜欢这里的旅馆的。我们这儿是个非常土气的小地方。像你这样的人在这儿不会找到什么有意思的事情做。你就是那位奎里，是不是？"莱克尔紧紧闭住嘴巴，眼睛像是一个侦探的似的狡猾地眨动着。

"我不知道你说的是什么意思。"

　　"我们可不都像麻风病院的那些神父和那位古怪的医生朋友，完全和外界隔绝。这里当然有点儿像大沙漠，可我们还是——通过种种渠道——同外界保持着联系。我要两打淡啤酒，伙计，快点儿。我当然不会泄露你的身份，我什么都不说。我不会出卖一个到我家做客的人。你住在我家比住在旅馆里安全得多。家里只有我同我妻子两个人。其实这件事还是我妻子首先说的：'你想这个人可不可能就是那位奎里？'"

　　"你认错人了。"

　　"我没有认错。你到我的家里以后，我可以给你一张照片看——在一份杂志上。我留着不少过期刊物，说不定什么时候会有用的。啊，这本杂志可真有用。不然的话，我们可能会把你当作奎里的一位本家，或者是偶然同姓的人。谁想得到那位奎里会躲到丛林里的一座麻风病院来呢！我得向你承认，我确实有一些好奇。但你是可以信任我的，不论什么时候都可以信任我。我也有一些棘手的问题，所以我对于别人的这类问题是很同情的。我自己过的就是隐居生活。咱们还是到外边去吧。在这么一个小地方是该小心着点儿，'隔墙有耳'，对不对？"

　　"我怕……他们在等着我回去……"

　　"上帝是天气的主宰。我对你说实话，奎里先生，你是走不成的。"

第二章

    莱克尔的住房和工厂俯瞰着渡船，像他这样一个充满好奇心的人，这个地址选择得实在再合适不过了。任何一个人通过这条从省会到内地的公路，都必须从他的两扇大窗户下面走过。这两扇窗户就像一个瞄准了河流的望远镜镜头。他们开着车，在棕榈树的深蓝色的浓荫里向大河驶去。莱克尔的司机同迪欧·格拉蒂亚斯坐在奎里的卡车里，跟在后面。

    "你看见了吧，奎里先生，河水涨得很厉害，今天晚上是绝对过不去了。就是明天能不能过去，也很成问题……所以咱们可以好好聊聊了，咱们两个人。"

    汽车从工厂院子里几个生了锈的大锅炉中间穿过的时候，一股变质的人造黄油气味立刻把他们笼罩起来。从一个房门敞开的门道里喷出一股热气，在朦胧的光线中隐约可以看到室内的大锅炉。"对你来说，"莱克尔说，"已经习惯了西方的大工厂，这里肯定是个破烂摊子。虽然我记不起你曾经设计过任何工厂。"

"没有。"

"很多类型的建筑，你这位奎里都是先驱。"

莱克尔一口一个"这位"，倒好像那是奎里的一个头衔似的。

"这个厂子搞得还不错，"当汽车颠簸着从锅炉中间穿过的时候，莱克尔接着说，"别看破破烂烂，生产倒还可以。我们这儿什么东西也不浪费。椰子得到了充分利用，榨出油以后（他发r这个音的时候，舌头打着嘟噜），椰子壳统统进了炉灶。我们用不着再买燃料。"

他们把两辆车停在院子里，向住房走去。"玛丽，玛丽，"莱克尔在台阶上刮掉鞋底上的泥，一边在走廊上跺着脚一边喊，"玛丽。"

一个女孩子应声从拐角后面跑出来，她穿着蓝色斜纹布裤，一张美丽的小脸还没有完全定型。要不是莱克尔首先开口介绍，奎里的问题"是你的女儿吗？"就要说出口了。"这是我的妻子，"莱克尔说，"这位就是奎里，亲爱的。他不愿意承认，可是我告诉他我们有他的照片。"

"很高兴认识您，"她说，"我们会叫您在这里过得很舒适的。"奎里的感觉是，这些应酬话是她从家庭女教师或者是从一本礼仪大全上学来的。她把自己该说的两句话说完，马上就转身走开了，同她刚才出现时一样突然。说不定上课铃已经响了，她急着要去上课呢。

"请坐，"莱克尔说，"玛丽去给我们准备点儿喝的。你可以看到，我已经把她训练出来，懂得男人需要什么了。"

"你结婚已经很久了吗？"

"两年了，上次休假回去我把她带出来了。在这样的地方生活非要有一个伴侣不可。你结婚了吗？"

"结了——我是说结过。"

"当然了，我知道你会认为她太年轻。可是我做事总是想到将来。一个人如果相信婚姻和家庭生活，就非得从长远考虑不可。我还有二十年——怎么说呢？欢蹦乱跳的日子。如果娶的是一个三十多岁的女人，再过二十年，她会变成什么样子？男人在热带生活不会很快就衰老，你同意不同意？"

"我从来没想过这个问题，再说我还不熟悉热带地区。"

"我可以告诉你，生活中撇开性的问题不谈，麻烦已经够多的了。圣保罗曾经说过，与其受欲火煎熬不如结婚。玛丽会一直保持着青春美貌，不致叫我掉到火炉里去的。"接着他又很快地补充说，"当然了，我这只是在开玩笑。在内心深处，我还是很相信爱情的。"莱克尔说他相信爱情就像有些人说他们相信神话故事似的。

管家从走廊上走进来，拿着一个摆着酒杯的托盘，莱克尔夫人跟在后面。奎里拿起一只酒杯，在管家举着苏打水瓶时，莱克尔夫人站在他旁边——这是职责的分工。"请您告诉我要多少苏打水？"莱克尔夫人问。

"亲爱的，你好不好换上件正经衣服？"莱克尔说。

在喝威士忌酒的时候，莱克尔又说起他所谓的"你的情况"

来。他现在的态度已经不像侦探，而更像一个顾问了。根据这一职业的性质，他现在成了事情发生过后的一位同谋。"你为什么要到这个地方来，奎里？"

"人总得待在一个地方啊。"

"虽然如此，还是我今天早上说的那句话，谁也想不到你会在一个麻风病院工作。"

"我只是看着医生工作。我是在一旁观望，哪件事我也插不上手。"

"这好像是在浪费天才。"

"我没有天才。"

莱克尔说："你可不能看不起我们这些乡巴佬儿。"

在他们到餐厅吃饭，莱克尔做完饭前祷告后，女主人又说了一句客套话："希望您在我们这里不要客气。"接着又说："您喜欢吃沙拉吗？"她的金黄头发因为出汗而结成了绺，颜色也变深了。当一只黑白斑点的大飞蛾，像蝙蝠一样张着翅膀从桌子上扑过来的时候，奎里发现她的眼睛睁得大大的，露出恐惧的神色。"您在这里一定要跟在家里一样。"她说。飞蛾落在墙上，像是一块苔藓，她的目光一直盯着这只蛾子。他很怀疑，她在这里是不是像在家里一样。她说："我们的客人并不多。"他想的是母亲外出的时候小孩儿不得不出头应酬客人的情况。在他们刚才一边喝威士忌酒一边等着开饭的时候，她换上了一件黄叶图案的布衣服，那金黄的叶子好像是对欧洲的怀念。

"至少没有像奎里这样的客人。"莱克尔打断她的话说。他好像在收听一个讲授社交礼节的节目，觉得已经听够了，就一下子把收音机关掉。声音被切断了，但是在那对羞怯的、惴惴不安的眼睛后面，不管有没有人听见，话仍然在继续说下去："最近天气比较热，是不是？我想您乘飞机从欧洲来的时候，旅途还愉快吧？"

奎里说："你喜欢这里的生活吗？"这个问题叫她有些吃惊，也许她那本会话手册里没有这句话的答案。"噢，喜欢的，"她说，"很喜欢。这里很有意思。"她一边说一边凝视着窗外的几个锅炉，在泛光灯的照射下，这些锅炉矗立在院子里，像是一群现代雕像。过了一会儿，她的目光又回到趴在墙上的飞蛾上，飞蛾旁边出现了一只壁虎，正虎视眈眈地准备吞食它。

"把那张照片拿来，亲爱的。"莱克尔说。

"哪张照片？"

"咱们客人的照片。"

她不很情愿地悄悄走出去，兜了一个圈子，躲开壁虎准备吞食飞蛾的那堵墙壁。不大一会儿，她就拿回来一本多年以前的《时代》周刊。奎里还记得封面上那张比现在年轻十岁的脸（这一期《时代》周刊恰好同他第一次去纽约同一时间出版）。画家根据一张照片给他画的肖像把他的面貌浪漫主义化了。这不是他把胡须刮干净以后自己在镜子里看到的面孔，而是他的一个远房表兄弟。那张脸上流露出的感情、智慧、希望同深邃的思想，都是他从来没有向任何一个采访他的记者表露过的。画像的背景是一幢钢铁和玻璃的建筑物，如果门前没有竖着一个大十字架说明它是一座教堂的话，很可能被误认为是个音乐厅甚至是一座培植柑橘的大玻璃温室。

"看见了吧？"莱克尔说，"什么也瞒不过我们。"

"我记得这篇报道文章很不准确。"

"我猜想你是受政府——或者是教会——委托到这儿干一件什么事的。"

"没有，我已经退休了。"

"我认为像你这样的人是永远不会退休的。"

"啊，什么人都有不想再干下去的一天，士兵也好，银行经理也好，都是一样。"

吃完晚饭以后，年轻的莱克尔太太离开了餐厅，像小孩子一吃完甜食就离开餐桌一样。"我想她是去写日记了，"莱克尔说，"对她来说，今天是个不同寻常的日子，那位奎里来这里做客了。她会有好多事要写的。"

"她平常有那么多事要记吗？"

"我说不上。开始的时候我还翻看一下，后来被她发现了，她就把日记锁起来了。我猜想我打趣她来着。我记得有一天她记的是：'接到母亲来信。可怜的麦克西姆生了五个小崽儿。'这天是总督授予我勋章的日子，可是她却忘记写了授勋典礼。"

"像她这样的年纪生活在这里一定很寂寞。"

"啊，我不知道。就是在这种丛林里过日子，家务事还是挺多的。说老实话，我比她更寂寞。我很难同她谈论人生哲理的问题——这一点你一定看得出来。同一个年轻的女人结婚就有这种不利的地方。如果我想谈论一些我真正感兴趣的事，就不得不坐汽车去找那些神父。为了聊天跑这么一趟路也太远了。像我这样生活着，是有很多时间思考问题的。我想我还应该算一个虔诚的天主教徒，可是这并不等于我精神上就没有问题了。很多人对于他们的宗教信仰并不太认真，我可不是这样。年轻的时候我在耶稣会神学院待过六年。如果一位新任职的会长待人稍微公平一点儿，你今天就不会在这儿看见我了。从《时代》周刊那篇报道里我猜想你也是天主教教徒。"

"我已经退隐了。"这是奎里第二次这么说了。

"别开玩笑了，宗教信仰的事怎么能退隐呢！"

墙上的壁虎终于向飞蛾扑了过去。它一下没有扑着，又一动不动地匍匐下来，小爪子伸着，像是蕨类植物。

"同你讲实话，"莱克尔说，"我觉得麻风病院里的那些神父都不能叫我满意。他们对什么电气啦，建筑啦，比对宗教兴趣更大。自从我听说你在那里以后，我一直盼望着能同你这样一个有文化修养的天主教徒好好谈谈。"

"我可不愿意称自己有文化修养。"

"我在这里生活了这么多年，一个人思考了许多问题。有的人能够玩高尔夫球消磨时间，我想，我可做不到。我读了很多很多讨论爱的书籍。"

"爱？"

"爱上帝。神圣的爱，不是肉欲的爱。"

"我没有资格谈论这个。"

"你太低估自己了。"莱克尔回答说。他走到餐具柜前面，取出一托盘甜酒来。壁虎受了惊动，钻到一张《逃往埃及》[1]的古画复制品后面去了。"你要喝一杯君度橙酒还是喝杯南非橙味甜酒？"莱克尔问。奎里看见走廊下面一个穿着黄叶子图案衣衫的消瘦身影向河边走去。也许到了户外飞蛾就不再让她感到恐怖了。

"在神学院的时候，我养成了一种习惯，比大多数人想问题想得多，"莱克尔说，"我们这些人的宗教信仰，如果理解得很深，是会给我们提出很多问题的。我一下子就提出了真正使我感到苦恼的中心问题。我认为我的妻子不了解基督教婚姻的真正本质。"

户外的暗夜里响起了啪啪的声音。她一定在往河水里扔小木片呢。

"有时候我觉得，"莱克尔说，"她好像什么事都不懂。我很怀疑，修女们是否让她接受了什么教育。刚才你也看到了——我在饭前祷告时她连十字也不画。无知如果超过一定限度，你知道，甚至可能损害了按照教会法规举行的婚礼。这也是我想同神父们讨论的问题之一，可是总也讨论不起来。他们宁愿同我讨论涡轮机。现在你到了这里……"

"我没有能力同你谈这件事。"奎里说。在谈话的间歇中，他听到了河水汹涌奔流的声音。

"你至少愿意听我谈啊。换了神父，早就同你谈起他们计划

1　意大利画家乔托·迪·邦多纳（1266—1337）的画作。——编者注

挖掘新井的事了。他们要谈井，奎里，他们不想谈人的灵魂。"他把南非橙味甜酒一口喝干，又给自己斟了一杯，"他们不了解……假如说我们不是按照正当礼规结的婚，她随便什么时候都可能离开我，奎里。"

"就是你所说的按照正式礼规的婚姻，想要离开对方也不是什么难事。"

"不，不。那就困难多了。有社会压力——特别是在这种地方。"

"如果她真爱你……"

"爱不是一种护卫力量。我们都是凡人，奎里，你和我都是的。我们知道，像这样的爱是不会长久的。我曾经教她认识爱上帝的重要性。因为她要是能爱上帝，就不会想冒犯他了，你说是不是？从某方面来讲，这会是一种保证。我一直在教她做祈祷，可是我想，她除了《天主经》和《圣母经》以外，别的什么祈祷文也不会。你平常念什么祈祷文，奎里？"

"我不做祷告——除了偶尔出于习惯，才祈祷两句，譬如遇见了危险什么的。"他又悲哀地加了一句，"那时我就祈祷，要求给我一只棕色的泰迪熊。"

"你又开玩笑了，我懂。但是我说的是严肃的事，再来一杯君度橙酒吗？"

"叫你真正感到苦恼的到底是什么，莱克尔？是一个人吗？"

年轻女孩儿回来了，走到走廊角上的灯光里，手里拿着一本黑皮丛书的侦探小说。她低低地吹了一声口哨儿，但还是被莱克尔听见了。"可恶的狗崽子，"他说，"她对这只小狗的感情比对我还多——甚至超过了对上帝的爱。"也许莱克尔酒喝多了一点儿，影响了他的逻辑思维能力，所以才作出这种不伦不类的比喻来。

他说："我不是在吃谁的醋。叫我烦恼的不是哪个男人。她没有那么强烈的感情。有时候她甚至拒绝自己应尽的责任。"

"什么责任？"

"对我的责任。结婚的责任。"

"我从来不认为这是责任。"

"你知道得很清楚，教会对这一问题是怎样看的。除非双方同意，任何一方是没有权利拒绝的。"

"我想，可能有些时候她不需要你。"

"那我该怎么办？我放弃了做神父，什么补偿也得不到吗？"

"假如我是你的话，我就不同她谈这么多上帝的事，"奎里勉为其难地说，"也许她看不到爱上帝同你的床铺之间有什么必然的联系。"

"对天主教徒来说，这两件事是密切相关的。"莱克尔急忙说。他举起一只手来，好像是在一群见习修道士面前回答一个问题。他的几个指关节中间的汗毛支棱着，像是一排小胡子。

"你对这个问题似乎很有研究。"奎里说。

"我在神学院的时候，伦理神学的考试成绩总是很好的。"

"那我看你就用不着我了——也用不着神父帮忙了。一切问题显然你自己都已经找到了圆满的答案。"

"这一点倒不成问题。只不过有时候我还需要别人帮我证实一下，给我一点儿鼓励。我想象不出来，奎里，同一个有教养的天主教徒一道研讨这些问题使我心头多么舒畅。"

"我不知道我是否可以称为天主教徒。"

莱克尔哈哈笑起来："什么？奎里不是教徒？你别耍弄我了。你太谦虚了。我很奇怪，罗马教会为什么不授予你伯爵封号——像晋封那位爱尔兰歌唱家那样。他叫什么名字来着？"

"不知道。我对音乐是外行。"

"你应该读一读《时代》周刊那篇报道你的文章。"

"《时代》周刊对这类事情不太了解内情，也不需要了解。要是你不介意的话，我可要去睡觉了。明天早上我还要起早，要不然天黑之前就赶不到下一个渡口了。"

"好吧。不过我很怀疑你明天能不能过河。"

莱克尔跟着他从走廊走进他的卧室。沉沉的暗夜里蛙声聒耳，在房主人向他道了晚安离开他以后，很久很久，青蛙仍在呱呱地叫着。它们仿佛是在模仿莱克尔空洞的词句：恩慈；圣礼；责任；爱，爱，爱。

第三章

1

"你想要出点儿力，对吗？"医生语气严厉地问道，"你不是因为这种活儿本身低贱才要做的吧？你既不是一个受虐狂也不是个圣徒。"

"莱克尔答应过我，他不告诉任何人。"

"他信守诺言差不多一个月了。对于莱克尔来讲这已经很不容易了。他那天到这儿来只是偷偷同院长讲过。"

"院长怎么说？"

"院长说除了在忏悔室里他不听人说隐私话。"

医生一边说一边不停地拆那台巨大的电子仪器的包装箱，奥特拉柯公司的轮船终于把这台仪器运来了。他对诊所的门锁很不放心，所以在自己的住房里打开这箱仪器。你永远摸不准那些非洲人对于一件新奇物件会有什么反应。三个月前，利奥波德维尔刚刚发生暴乱的时候，第一个攻击目标就是专门为非洲病人建立的玻璃和钢体结构的新医院。什么离奇的谣言传播起来都很容易，人们也都会相信。救世主就是在这块土地上死去，又在牢狱中复活的；据说墙壁只要被沾上圣尘的手指甲一碰就会崩塌。一个被医生治愈的麻风病人每个月给医生写一封恐吓信，这个人认为医生之所以要他离开麻风病院不是因为他已经痊愈，而是因为医生对他那半亩香蕉地心怀觊觎，他对自己这种臆测深信不疑。只要有个人，不管是出于恶意还是出于无知，暗示一下新机器是用来折磨病人的，马上就会有一帮白痴打碎诊所的门把它捣毁。但在我们这个世纪，你还不能把他们称作傻瓜。霍拉营地、沙佩维尔和阿尔及利亚都发生了一些事，证实了欧洲人凶暴残忍的传说。

所以最好的方法是，医生解释道，先把仪器放在他住的屋子里，不让别人看见，等到新医院落成后再安装起来。他房间的地板上堆满了包装箱里掏出来的稻草。

"现在需要考虑一下电源插座安在什么地方。"医生问，"你知道这是什么吗？"

"不知道。"

"我盼望很久了。"医生一边说一边轻轻地摸了摸仪器的铁壳，那神情就像是在抚摸罗丹[1]的一尊女性铜像的腰肢似的，"有时我都不抱希望了。填写了那么多表格，撒了无数次谎。现在终于来了。"

1　奥古斯特·罗丹（1840—1917），法国雕塑家。

"这个仪器有什么用？"

"它能测量出神经的反应，精确到千分之二十秒。总有一天我们会为这所麻风病院感到自豪的；也为了你，为你以后的贡献。"

"我已经告诉过你，我退休了。"

"一个人不可能从自己的才能中退休。"

"哦，可以的，你别弄错——当一个人走到尽头的时候。"

"那么你到这儿来又是为什么呢？来搞黑女人吗？"

"不是，在这个方面一个人同样也可以走到尽头。很可能性和才能是一同诞生、一同死亡的。就让我缠缠绷带或是提提水桶吧。我需要的就是把时间打发过去。"

"我本来以为你想要出一点儿力呢。"

"听我说。"奎里说，之后他又忽然沉默不语了。

"我正听着呢。"

"我不否认，我的职业一度对我而言是非常重要的。女人对我也如此。但是人们如何使用我建造出的东西，对我来说，没有什么意义。我并不是议会大厦或者工厂的建筑师。我建造什么完全出于自己的乐趣。"

"和女人谈情说爱也是这样吗？"医生问，但奎里并没有听他说话。他谈话就像一个人饥饿时吃东西一样。

"你的职业就完全不同了，医生。你关心的是人。我对占据我建筑空间的人丝毫也不关心——我唯一关心的是空间。"

"这么说我对你安装管子就没有信心了。"

"作家不是为了读者才写作的，对吧？尽管如此，他还是得格外小心，以博得读者的欢心。我只对空间、光线和比例感兴趣。新型建筑材料之所以引起我的兴趣，也是因为它们在这三个方面的效果。木材、砖、钢材、混凝土、玻璃——随着不同材料的选用，你隔离出来的空间性质也改变了。材料是建筑师的手段，不是他工作的动机。只有空间、光线和比例才是动机。小说的主题并不是情节。又有谁记得吕西安·德·吕庞莱泼[1]到头来怎么样了？"

"你设计的两座教堂很出名。你是不是并不在乎他们要在里面干什么——对人会产生什么影响？"

"音响效果当然要好。圣坛也一定要让所有的人都能看到。但是他们不喜欢这两座教堂，说是这种设计不适宜于祈祷。他们的意思是说教堂既不是罗马式，也不是哥特式或拜占庭式的建筑。一年的工夫他们就往教堂里塞满了那些廉价的石膏圣像，取下了我装的白玻璃，换上了有颜色的玻璃以纪念那些给教会基金捐过款的死了的猪肉商人。等到毁掉了我的空间和光线后，他们又能重新祷告了，他们甚至为自己干的这些破坏勾当感到骄傲。我也成为一位他们所谓的伟大的天主教建筑师，可是我从此再也不设计教堂了，医生。"

"我不信教，对这类事我了解不多。但是我想他们有权利把祈祷看得比艺术品更重要。"

---

1 巴尔扎克作品《幻灭》和《交际花盛衰记》的男主人公。

"人们在监狱里也祈祷，在贫民窟里、在集中营里也都祈祷。只有中产阶级才要求一定要有个合适的环境才能祈祷。有时我听到'祈祷'这个词都恶心。莱克尔就老把这个词挂在嘴边儿。你祈祷吗，医生？"

"我记得我最后一次祈祷是在毕业考试之前。你呢？"

"我很久之前就不祈祷了。就是在我信教的日子里也很少祈祷。祈祷常常妨碍工作。我在睡觉之前，即使是和女人一起睡觉，脑子里最后想的一件事也是工作。一些看来不能解决的问题常常在睡梦中迎刃而解。我把卧室安排在办公室隔壁，这样，临睡之前我还可以在绘图板前坐两分钟，之后就寝。"

"这对于那个等着你上床的女人来说，未免有些太无情了吧。"

"自我表现就是一种自私、无情的事。它把什么东西都吞噬掉，甚至把你自己也吞噬掉。到头来你会发现就连可以表现的自我也没有了。我已经对一切都不再感兴趣了，医生。我既不想和女人睡觉，也不想再设计一个建筑物。"

"你没有孩子吗？"

"曾经有过，但是很久以前他们就消失在茫茫人海里了。我和他们没有联系。自我表现也吞噬了你作为父亲的职责与感情。"

"所以你想你可以到这儿来，在这儿结束你的生命。"

"是的，我是有过这种想法。但是我主要想找一块空空荡荡的地方，没有新建筑物，也没有女人，免得让我看见这些后，想起我曾经活过，曾经担负过某种使命，曾经有爱的能力——假如那是爱的话。害神经麻痹的人痛苦很大，可是我是一个残缺不全的人，医生。"

"二十年前的话，我们也许可以任你死掉，但是现在我们只能把你治愈。D.D.S.服用一年才三个先令。这可比一具棺材便宜多了。"

"你能把我治好吗？"

"也许你的'麻风病'还不那么严重。如果病人来得太晚了，病菌就只能'燃尽'而使他残疾。"医生小心地把一块布盖在仪器上，"病人等着我呢。你愿意和我一起去，还是愿意坐在这儿考虑考虑你的病例？残疾人倒常常这样做——他们愿意躲起来，不让人们看到。"

医院里弥漫着一股腥甜的气味，令人透不过气来，从来没有电扇或是一阵微风把它吹散。奎里意识到床上用品的肮脏——清洁对于麻风病人来说并不重要，只有健康的人才注意这一点。病人带来了自己的床垫——可能有生以来他们使用的就是这些床垫，稻草从破破烂烂的套子中露了出来。缠着绷带的脚摆在稻草上就像是一包胡乱捆绑起来的肉。那些还有活动能力的病人坐在走廊上的阴影里，假如你能把这样的人——一个走动时必须用双手托住肿大的睾丸的人——称为有活动能力的病人的话。一个患眼皮神经麻痹症，既不会闭眼也不会眨眼的妇女坐在一小块阴影里，躲避无情的阳光。一个没有手指的男人在给膝头上的婴儿喂东西吃。另一个在走廊上平躺着的男人一边乳房长长地下垂着，像女人一样。医生对这几个人几乎无能为力：那个得象皮病的人心脏太弱，无法动手术；那个女人则完全出于恐惧拒绝医生为她做眼皮修整术；至于那个婴儿，早晚有一天他也将成为麻风病患者。对于第一病室那些迟早将死于肺结核的病人，他也束手无策。另外，例如那个在两张床之前艰难地拖着身子行走的女人，则因为得了小儿麻痹症，肌肉萎缩了，这也是不治之症。医生似乎对于麻风病本身不能对其他的疾病产生免疫力这一点有些愤愤不平（只要得了麻风病，对任何一个人来讲已经是难以忍受），他的大多数病人死于其他病症。他向前走去，奎里紧紧跟着他，一言不发。

在麻风病人居住的一幢房屋后面有一间土坯盖的小厨房，一位老人坐在房中一张破旧不堪的帆布躺椅上。看见医生穿过院子走来，他挣扎了一番，想要站起来，可是他的腿吃不住力了，他只好很有礼貌地做了个手势，表示歉意。"高血压，"医生低声说，"没希望了。他到厨房就是来等死的。"老人的腿像孩子的腿一样细，为了保持体面，他在腰上围了一块破布，像是婴儿的围嘴儿。奎里看见他的衣服整整齐齐地叠好，放在主教画像底下的一个新砌的小砖龛里。一块圣像牌挂在他那凹下的、长着稀稀拉拉灰白汗毛的胸脯上。他长着一张非常慈祥、非常庄重的面庞，一张毫无疑问一生都是逆来顺受的面孔，一张圣徒的面孔。他问候了一下医生的健康，倒好像得病的是医生，不是他自己似的。

"你有什么东西需要我给你拿来的？"医生问。"什么也不需要。"老人回答。他什么东西都有了。他想知道医生最近接到家里的来信没有，他还打听了一下医生母亲的身体怎么样。

"她一直住在瑞士，住在山里。在覆盖着白雪的地方安度晚年呢。"

"雪？"

"我忘了。你从来没见过雪。雪是水蒸气凝结而成的，是凝结的雾气。天气很冷，所以雪从来不化，把大地都遮盖起来。雪又白又软，就好像是落在水牛身上啄虫吃的那种小鸟的羽毛，所有的湖泊也都结了冰。"

"我知道冰是什么，"老人骄傲地说，"我见过冰箱里的冰。你的母亲年岁像我这么大吗？"

"还要大一些。"

"那么她不应该离家太远。假如可能，一个人还是应该死在自己的村子里。"他神色哀伤地望了望自己那瘦骨嶙峋的双腿，"它们支撑不住我了，不然的话我也应该回到我的村里去。"

"我可以安排一辆卡车把你送回去，"医生说，"但是我想你受不了路上的颠簸。"

"这太麻烦你了，"老人说，"而且不管怎么说也来不及了，我明天就会死的。"

"我就去告诉院长，让他尽快来看你。"

"别太麻烦他了。他公务在身。我晚上之前不会死的。"

在那张帆布躺椅旁边放着一只贴着"琼尼·沃克"商标的威士忌酒瓶。瓶子里盛着棕色的液体和一束用珠子穿起来的干枯的草叶。"他那里面是什么？"奎里在他们走开之后问，"我说的是装在瓶子里的东西。"

"药。魔术。请求他信仰的大神恩赞比保佑他。"

"我本来以为他是个天主教徒呢。"

"我要是填张表的话，也可以管自己叫天主教徒。他也是这样。我大部分时间什么也不相信。他一半信仰天主教一半信仰恩赞比。就天主教教义来讲，我们之间并没有什么区别。我只希望自己做个正直的人。"

"他明天真会死吗？"

"我想是的。他们对有些事是很有预感的。"

诊所里，一个脚上缠着绷带的麻风病患者正站在那里等着，她的怀里还抱着个孩子。小孩儿身上的每一条肋骨都支棱着，看上去就像一只夜里套上黑布罩的鸟笼，而且随着孩子的呼吸，就好像有一只小鸟在布罩里跳动似的。夺去孩子生命的将不是麻风病，医生说，而是镰状细胞性贫血症，一种无法医治的血液病。毫无希望了。这个孩子根本不可能活到成为麻风病患者，但没有必要把这点告诉他母亲。医生用手指摸了摸他那凹陷下去的小胸脯，孩子往后一闪。医生开始用当地语言责骂这名妇女，她一边强辩着，一边把孩子紧紧抱在怀里。孩子那双忧郁的、蛙眼似的眼睛从医生的肩头上茫然地注视着远处，就仿佛他们说的话和他毫无关系似的。那个妇女走后，科林医生说："她答应以后不会再发生这样的事了。但是有谁敢保证？"

"发生了什么？"

"你刚才没看见那个孩子胸脯上有一块小疤瘌吗？他们在他

皮肤上割了个口子，塞进去一种土药。她说这是他们家老奶奶干的。可怜的孩子，临死，他们还叫他受这个罪。我告诉她如果再发生这类事，我就不给她治麻风病了。可是我敢说，他们不会再让我看见那个孩子了。发生这类事情以后，你再想找到他就像大海捞针一样难。"

"你不能让他住院治疗吗？"

"你没有看见我这里是所什么医院？你愿意让你自己的孩子死在这儿？下一个！"他生气地喊道。下一个进来的也是一个孩子，一个只有六岁的孩子，陪着他来的是他的父亲。他把一双没有手指的拳头放在孩子的肩头上叫孩子安心。医生让孩子转过身去，开始用手摸弄孩子柔嫩的皮肤。

"你现在该能看出来了吧，"他说，"你估计一下这个病人怎么样。"

"他的一个脚趾已经烂掉了。"

"这倒不要紧，他身上已经有了皮肤寄生虫，他们根本不把这当回事。在丛林里生活身上常常这样。不——这是第一块病灶。麻风病刚刚开始。"

"没有什么办法保护孩子，不让他们传染上这种病吗？"

"在巴西，家里如果有麻风病人，婴儿一落地就被抱走。但这样抱走的婴儿百分之三十都活不长。我宁愿让他们染上麻风病，也不愿意让他们夭折。再有几年的时间就可以把麻风病治愈。"他抬起眼睛看了奎里一眼，又很快地把目光移开，"将来——在新的医院里——我会有一个专门为孩子准备的病房和诊所。我可以预先测出这些病灶。在我去世之前，会看到麻风病被连根拔掉。你知道吗，离这儿几百英里的地方，有一些地区，五个人当中就有一个是麻风病患者。我梦想设立一所流动医院。作战的方式不是也在改变吗？一九一四年将军们驻扎在农舍里指挥战役，可是一九四四年隆美尔和蒙哥马利坐着汽车进行战争。不过我怎样才能把我的想法告诉约瑟夫神父呢？我不会画图。我甚至不会设计好一个房间。我只能在医院建成之后告诉他们什么地方造得不合适。约瑟夫神父也算不上是建筑师，他倒是一个好瓦匠。他只不过为了上帝的慈爱在垒砖，就像他们以前盖修道院一样。所以你看，我需要你。"科林医生说。那个孩子的四个脚趾不耐烦地在水泥地板上蠕动着，等着这两个白人之间的毫无意义的谈话告一段落。

2

奎里在日记中写道："我身上遗留下的怜悯之情已不足以为人类做什么善事了。"他仔细回想了一下那个未成熟的胸脯上的疤痕和另一个孩子的四个脚趾，但是他还是无动于衷，不论刺多少针也不能累积成疼痛的感觉。暴风雨快要来了，飞蚁成群飞进屋来，撞在灯上。他只得把窗户关上。那些飞蚁被烧掉翅膀后都落在水泥地上，爬来爬去，好像它们突然发现自己不再是飞虫，只能在地上爬动，感到迷惑不解似的。窗子关上以后，屋子里更加闷热不堪，他只好在自己的手腕下垫上一张吸墨纸，免得汗水把日记浸湿。

为了把自己对科林医生的动机解释清楚，他写道：

> 职业是一种爱情的行动；它不是终身要从事的事业。当欲望消失后，一个人就不能继续做爱了。我的欲望已经完结，职业也随之到了尽头。不要试图把我束缚在没有爱情的婚姻上，叫我再去模仿我怀有热情时的行动。不要像神父似的和我谈我的职责。才能——像我们在孩提时代从圣经课上学到的那样——在它还有购买力时是不应该被埋没的。但是通货一旦改变，硬币更换上新的人头像，旧的货币除了其本身的含银量外就没有更大的价值了。一个人就有权利把它隐藏起来。停止流通的货币就像粮食一样常常在坟墓中被发现。

这些话词句零乱，意义也不连贯，他没有本领把自己的思想组织成文字。他是这样结尾的：

> 我过去所设计的建筑不是为了赞美上帝，也不是为了取悦雇主，我是为了我自己。不要和我谈什么人类。人类不存在于我的国土。而且我不是已经自告奋勇要为他们洗肮脏的绷带了吗？

他把这几张纸从本子上撕下来，让迪欧·格拉蒂亚斯拿去送给科林医生。他在信后面的空白处没头没尾地又写了半句话——"我愿为你做一切合情合理的事，但不要要求我重新燃起……"这句话就像海盗叫人跳海时放在甲板上、伸出到海面上的那种跳板。

过了一会儿，科林医生来到他的房间，把信揉成一团扔在桌上。"这是你内心感到了不安，"医生有些生气地说，"完全是良心对你的谴责。"

"我想要解释……"

"解释不解释，有谁在乎？"医生说。"有谁在乎？"这句话就像奎里年轻时记住的一行诗句一样久久在他的脑子里萦绕着。

那天夜里他做了一个可怕的梦，惊醒后吓出一身冷汗。他梦见自己在寒冷黑暗的旷野里，沿着一条漫长的铁路行走。他匆匆忙忙地往前走，因为他急着去找一位神父。他要向他解释，他自己虽然穿着普通人的衣服，却也是一个神父。他必须忏悔，必须拿到做弥撒时用的酒。他必须履行院长交给他的某种使命。他一定要在这个深夜做弥撒，明天就太迟了。他将永远失去这次机会。他来到一个村庄，离开了铁路线。（那个小小的车站已经关闭了，一个人也没有，可能这条铁路支线很久前就废弃不用了。）他猛然发现自己已经站在神父的门外，一扇沉重的中世纪式的大门，门上镶着罗马硬币大小的钉帽儿。他按按铃，然后被请了进去。尽管一群喋喋不休的虔诚的女人正包围着神父，神父对他的态度还是很友好、客气。奎里说："我得立刻见你，单独地。我有话对你讲。"他开始不再为自己着急了。他已经非常安心，好像快要回到自己的家中一样。神父把他领进旁边一间小屋，桌子上放着一只盛满酒的细颈玻璃瓶。可是他还没来得及开口，那群圣洁的妇女们已经跟在他们后面拥进门帘里来，嘴里胡言乱语，开着虔诚的小玩笑。"我们得单独在一起，"奎里大声说，"我得和你一个人说。"神父把那群女人推回到门帘后面，她们就像衣橱里挂着的衣服那样晃来晃去。好不容易就剩下他们两个人了，他的目光停在酒上，终于可以开口了，"神父……"就在这个时候，就在他立即可以卸掉恐惧与职责的重担时，又有一个神父走进屋来，把头一个神父拉到一边，向他诉说自己的酒不够用了，到这里来是要向他借酒，他话没说完就把玻璃瓶从桌上拿走了。奎里整个人垮了。他的感觉是：仿佛自己同希望约好在路的转角处碰面，却来迟一步，希望已经离去了。他放声大哭，宛如一头受伤痛折磨的野兽。他一下子从梦中醒来。外面雨点猛烈地敲击着屋顶上的铅皮，借着闪电的光亮，他看见自己躺在和棺木一样大小的白色蚊帐里。附近一幢麻风病人住的房子里隐约传来一男一女吵架的声音。他想："我太迟了。"那句在他脑子里萦绕不去的话就像系在水底渔网上的软木浮子，不断冒出水面来："有谁在乎？""有谁在乎？"

最后，终于天亮了。他到病院的木匠那里，告诉他怎样做一张自己需要的办公桌和一块绘图板。等到他要的东西做好以后，他才去找科林医生，告诉他自己的决定。

"我为你感到高兴。"科林医生说。

"为什么为我？"

"我对你丝毫不了解，"科林医生说，"但我和你有很多共性。你一直在做一个毫无成功希望的试验。一个人不可能脱离一切独自生活。"

"我想是可以的。"

"那么他迟早会自杀。"

"假如他对自杀有兴趣的话。"奎里回答。

第四章

1

　　两个月之后，奎里和迪欧·格拉蒂亚斯之间自然而然地产生了几分信任。最初这种信任只是建立在迪欧·格拉蒂亚斯身体残疾这一基础上。在他把水搞洒了的时候，奎里并不生气；即使迪欧·格拉蒂亚斯打翻墨水瓶，把奎里的图纸弄脏，他也从不发火。一方面，一个没有手指和脚趾的人，哪怕是学会干一件最简单的活儿也需要很长时间；另一方面，一个对任何事物都无所谓的人，"发火"也不是一件容易事——或者干脆说很荒谬。有一次，这个残疾人笨手笨脚地打碎了一个原来住在这个房间的神父挂在墙上的十字架，他认为这次奎里一定会像他自己在一件崇拜的偶像被人毫无心肝地毁坏时一样有所反应了。但事实却完全不是这样，迪欧·格拉蒂亚斯很容易把漠不关心错认成怜悯。

　　一个满月的夜晚，奎里忽然意识到这个人不在了，就像一个人突然发觉自己临时住宅的壁炉上缺少了一个迄今为止不被注意的小物件似的。他的水壶没有灌，蚊帐也没有放下来，后来他到医生那儿去讨论削减建筑经费，路上碰上了迪欧·格拉蒂亚斯。迪欧·格拉蒂亚斯架着拐杖用他那双没有脚趾的脚跌跌撞撞地在病院的大路上急步行走。他满脸大汗，奎里刚要对他开口讲话，他一下子就拐进了一家后院。

半小时之后，奎里在回来的路上又看见他一动不动地站在那里，活像一根被主人遗弃的树桩子。他脸上的汗水仿佛是夜雨在树皮上留下的痕迹。看上去，他好像是在倾听远方的什么声音。奎里也侧耳听了听，但除了蟋蟀和青蛙的鸣声外，他什么也听不到。第二天早上迪欧·格拉蒂亚斯还是没回来，奎里感到稍稍有些丧气。他这个仆人在离去之前居然没有同他说一声。他告诉医生他的仆人走了。"假如他明天还不回来，你再给我找个人行吗？"

"我搞不懂，"科林说，"我派给他这个差事就是为了让他能留在病院里。他自己也不想走。"那天晚一点儿的时候，一个麻风病患者在通往丛林深处的小路上捡到了迪欧·格拉蒂亚斯的拐杖，他把它送到奎里的房间来。奎里当时正趁着最后一点儿光亮忙着工作。

"你怎么知道这拐杖是他的？所有残疾的病人都有这样的拐杖。"奎里问道。可这个人只简单地重复说这根拐杖是迪欧·格拉蒂亚斯的——不容争论，也说不出什么道理来，仅仅又是一件他们知道而他不知道的事情而已。

"你认为他发生了什么意外吗？"

出了点儿事，那个人用他那一点点可怜的法语说道。他留给奎里的印象是，如果出了什么意外，也是他最不关心的事。

"那你为什么不去找找他？"奎里问。

森林里已经没有光线了，那个人说，他们只好等到明天早上再说。

"可是他已经走了二十四个小时了。如果真的发生了意外，我们现在已经晚了。你可以把我的手电筒拿上。"

最好还是明天早上吧，那个人重复说。奎里看得出他吓得要死。

"要是我和你一起去，你去吗？"

那个人摇摇头，奎里只好独自出发了。

他无权责怪这些人胆子小，要想让一个人不害怕夜晚的丛林，他就必须没有任何信仰。这里的森林对于那些富于浪漫幻想的人丝毫没有吸引力，森林里面人烟绝无，也从来没有被人格化过，一点儿也不像欧洲的森林，里面居住着女巫啊，烧炭人啊，还有糖果盖的小屋啊，这些奇奇怪怪的东西。从没有人在这些树下漫步、哀悼失去的爱情，也没有人在这里倾听寂静，或是像一位湖畔诗人似的和自己的心灵交谈。这里没有寂静。假如有谁在深夜的林中想让别人听清自己的声音，他就必须提高嗓门儿盖过响成一片的虫鸣，必须像在一座有无数贫困的女工片刻不停踏着缝纫机干活儿的巨大工厂里说话一样。只有在中午最热的那一个小时前后，森林里才安静下来，那时昆虫正在午休。

但是假若像这些非洲人一样相信某种神明，那么这个"上帝"不是很可能就存在于这块无人迹的地方吗？人们不是习惯于把上帝安排在那一片空虚的苍天上吗？就现在的情况而言，即使人类在若干年后开始开发某些行星，恐怕也不会来开发这片长满树木的空间。人类对于月球上的火山口的了解也远比对这座原始森林清楚得多，尽管人们只要一迈腿就可以随时随地走进去。腐烂的树叶和沼泽散发的刺鼻的酸气，像牙科医生使用的麻醉面罩一样盖在奎里的脸上。

这真是一个愚蠢的行为。他不是一位猎手。他是在城市中长大的，就是在白天他也很难发现别人留下的足迹。他太轻信那根拐杖的物证了。手电筒射出的光环在他前方左右摇摆着，但他只能看到草莽丛生的路上一丝丝微弱的闪光，那很可能是什么小动物眼睛里的反光，更可能只是卷曲的树叶中的一汪积水。他肯定走了有半个小时了，顺着这条狭窄的小路可能走了一英里路了。有一次，他按着手电筒按钮的手指滑开了，一刹那间，他在黑暗中走离了弯弯曲曲的小路，撞到路旁的树墙上。他想："电池毫无疑问坚持不到我回家了。"他一边往森林深处走，一边思索着这个问题。他对科林医生解释过，他之所以留下是因为"船不再往前开了"，但如果步行，总是能再往前走一小段路的。他大声叫着："迪欧·格拉蒂亚斯！迪欧·格拉蒂亚斯！"他的呼喊压过了周围的虫鸣，但这个可笑的名字听上去就像教堂中祈祷时的呼唤，丝毫没有得到任何反响。

他独自跑到森林里来显得和迪欧·格拉蒂亚斯的无缘无故失踪一样荒谬。要是以前嘛，在他想到他的仆人孤零零地躺在森林里，身受重伤，就等着别人的呼唤或脚步声的时候，他可能整夜不得安宁，非得象征性地作作姿态不可。可是现在他对一切都已漠不关心了，驱使他到这儿来的只是残留在他心中的一点儿好奇罢了。但到底是什么叫迪欧·格拉蒂亚斯冒险离开他所熟悉的病院呢？当然，这条小径可能通往什么地方——或许通往迪欧·格拉蒂亚斯的什么亲戚居住的部落——可是奎里已经很熟悉非洲的情况了，他知道更可能的情况是，这条小径将逐渐消失——它不过是过去某些来捉青虫吃的非洲人踩出来的一条小路。这条小路很可能是这片森林中人类足迹到过的最远的地方。可是那个人满脸大汗又作何解释呢？可能是恐惧，也可能是焦虑，甚至可能是因为在河边这种郁热的天气中努力思索什么而流的汗水。他对外界的兴趣像早已被冻僵的神经又在他内心深处痛苦地苏醒了。这么多年来，他一直麻木不仁地生活着，现在突然对什么事产生了"兴趣"，但他也只是用医生诊断病情那种客观的态度来进行观察。

他想自己一定走了有一个多小时了。迪欧·格拉蒂亚斯没有拐杖，瘸着两条腿，怎么能走这么远？他更加肯定电池绝对维持不到回家。但他依然向前走着。他这时才意识到自己有多么傻，出来的时候竟没有同医生或是哪个神父说一声以防不测，但是他现在正在寻找的不就很可能是一件不测的事故吗？不管怎么说，他还是继续向前走着。蚊子成团地向他进攻，挥手驱赶完全无济于事，他只好极力忍耐着。

又往前走了五十码，他被一头野兽的凄厉叫声吓了一跳——他估计那是一头野猪的哼叫声。他停了下来，用手电筒的暗淡的光柱向身子四周扫了一圈。他看出来这条小径很多年以前一定是通往什么地方去的，因为他面前是一座坍倒的桥基，搭桥的树干早已腐烂。只要再往前迈两步，他就会掉到河沟里。这条沟并不太深，也就是几英尺深，下面是一块丛生着杂草的沼泽，但一个手脚残疾的人掉进去却很难爬上来。手电筒的光柱照在迪欧·格拉蒂亚斯的身体上，迪欧·格拉蒂亚斯的下半身泡在水里，上半身露出水面。奎里看见水边的泥地里有抓挠的痕迹，那是那双像拳击手套的手留下的。这时从那个身体中又发出一声号叫，奎里从沟岸上下去，走到他身边。

奎里说不清迪欧·格拉蒂亚斯是否有知觉。他的身躯很沉，扶不起来，而且在你扶他的时候，他一点儿也不合作。他浑身温暖、潮湿，像是沼泽地中的一块土丘，摸着他的身体就像摸到一块多年前塌下来的桥板。经过十分钟的努力，奎里总算把他的下肢拖到岸上来了——他也只能做到这一步了。毫无疑问，假如电池能够坚持到他回家，他一定回去叫人来帮忙。即使那些非洲人不来，也肯定有两个神父会来帮忙。他准备爬到桥上，迪欧·格拉蒂亚斯大声哀号起来，那声音就像是一条小狗或是一个孩子哭号一样。他举起一只像树桩子一样的胳膊哀号着，奎里知道他已经给吓掉魂儿了。他的一只没有手指的手掌像一把重锤一样按着奎里的胳膊，不让他走开。

看来只好等着天亮，再没有别的办法了。这个人可能会被吓死的，而如果就这样待着，湿气或蚊子的叮咬是不会有致命危险的。奎里尽量使自己在这个用人身边坐得舒服一些，然后借着手电筒中最后一点儿光亮，检查了一下他那光秃秃的像石头似的双脚。据他看，迪欧·格拉蒂亚斯大概有一只脚踝骨被摔断了——此外似乎并没有其他的创伤。手电筒的光亮很快暗了下来，奎里在黑暗中看着灯泡中的灯丝，灯丝像是一条闪着磷光的虫子。没过多久，最后一丝光亮也熄灭了。他拉着迪欧·格拉蒂亚斯的一只手好让他安心，不过不如说他是把自己的手放在迪欧·格拉蒂亚斯的手的旁边，一个人无法"拉"一只没有手指头的手。迪欧·格拉蒂亚斯哼唧了两声，之后说了一句什么，听上去发音像是"潘戴勒"。黑暗中摸着他的指关节就像摸着被风雨侵蚀了无数岁月的石块。

2

"我们两个人都有很多时间思考问题，"奎里对科林医生说，"天一直不亮，直到六点钟我才敢离开他。我估计当时是六点左右——我忘了给表上弦了。"

"这一夜一定受了不少罪。"

"我独自一人的时候比这还要难过。"他似乎是在绞尽脑汁举一个例子，"那是一切都结束的夜晚，长得好像永远没有尽头。从某种程度上讲，这次倒似乎是个一切都重新开始的夜晚。我从来不在乎肉体上是否舒适。过了大约一个小时，我想活动活动手，可是他不让我动。他的手像块镇纸似的压在我的手上。我当时有种奇怪的感觉——他需要我。"

"为什么你说'奇怪'？"科林医生问。

"对我来说是很奇怪。我这一生中总是需要别人。你可能会责备我使用别人多于爱别人。但是别人需要你的时候，那种感觉却完全不同，好像一剂镇静剂，而不是兴奋药。你知道'潘戴勒'这个词是什么意思吗？在我想活动活动手的时候，他开始说起话来。我以前从没用心听过非洲人讲话。你知道一个人是怎么心不在焉地听别人说话吧，就像听孩子说话时一样。迪欧·格拉蒂亚斯用法语和另外一种什么语言掺杂在一起，可真不好懂。他不停地说'潘戴勒'这个词。这是什么意思，医生？"

"我猜想这个词同'本卡西'的意思差不多——意思是骄傲、傲慢，要是从褒义上看，还暗含有尊严和自主的意思。"

"他不是指这个。我肯定他指的是一个地方——是森林里一个靠近水边的地方，那里正发生一件和他息息相关的事。他在病院的最后一天感到压抑，当然他没有使用'压抑'这个词，他对我说空气不够，他想要跳舞，想要狂奔、呼喊，想要唱歌。可是这个可怜的家伙既不能跳又不能跑，而且没有哪个神父愿意听他唱歌。他只好出走，去寻找靠近水边的那个地方。小的时候他母亲一定带他到那里去过一次，而且他还记得人们在那里是怎样又唱又跳、玩各种游戏、做祈祷的。"

"可是迪欧·格拉蒂亚斯是从几百英里以外来的啊。"

"也许这个世界上不止有一个'潘戴勒'。"

"三天前，很多人离开了病院。大部分人已经回来了。我猜想他们是在搞一种什么巫术。他去得太晚了，没赶上其他的人。"

"我问过他做什么祈祷。他说是向耶稣基督和一个叫西门的神祈祷。是那个西门·彼得[1]吗？"

"不是同一个人。神父们可以给你讲西门的故事。二十年前他死在牢狱里。这里的人认为他还会复活。他们这里信奉的基督教是很怪的，我怀疑耶稣在这里的门徒们是不是觉得这种基督教教义像托马斯·阿奎那[2]的著作一样令人费解。假如彼得当时能明白这些的话，这个奇迹简直可以使圣灵降临都黯然失色，你不这么想吗？甚至尼西亚[3]的信经对我来讲都有些高等数学的味道。"

"'潘戴勒'这个词总在我脑子里徘徊不去。"

"我们总是把希望和青春联系在一起，"科林医生说，"但有时这是一种老年病。在给那些生命岌岌可危的人做大手术时，你可能完全出乎意料地在他身体内部发现有癌病变。这里的人都是快要死的人了——哦，我不是说那些麻风病人，我指的是我们自己，最终得的一种疾病就是希望。"

"这么一说，假如我要失踪了的话，"奎里说，"你会知道到什么地方去找我的。"一个意想不到的声音使医生抬头望了望，奎里的脸扭曲着，正在咧着嘴笑。医生吃惊地明白过来——奎里居然开了一个玩笑。

1　西门·彼得，耶稣十二门徒之一，原为渔夫。

2　托马斯·阿奎那（约1225—1274），意大利神学家。

3　尼西亚，地处亚洲西北部。原属罗马。325年君士坦丁大帝开宗教大会于此，订立信经。

第三部

第一章

1

　　莱克尔夫妇开车进城去参加一个有总督参加的鸡尾酒会。路旁一个村落矗立着一个用树桩撑起来的大木笼，在一年一度的佳节盛会时，人们就在下面点起篝火，在火焰上方跳舞。在这个村落前面三十公里远的一片丛林里，他们还看到路旁有一个用椰壳和纤维做得粗糙丑陋的人形，坐在一把椅子上。这些令人不解的事物正是非洲的特征。用黏土涂白了脸的赤身裸体的女人们看到汽车开过来就飞快地奔到大堤上，把脸藏起来。

　　莱克尔说："高乐太太问你喝什么的时候，你就说只要一杯贝利酒。"

　　"不能要一杯橘子水吗？"

　　"别提橘子水，除非你看见酒橱上确实放着装橘子水的罐子。我们不能叫她感到难堪。"

　　玛丽·莱克尔把这番叮嘱牢牢记在心里，然后把目光从她丈夫身上移开，目不转睛地望着车窗外单调的林墙。那条唯一通向森林里的小路用席子堵了起来，因为当地人做一种什么仪式时不许白人观看。

"你听见我说的话了吗，亲爱的？"

"听见了，我会照你的话去做的。"

"还有卡纳佩[1]，别像你上次赴宴时吃得那么多。我们不是到人家那儿去吃饭。这会给人留下一个不好的印象。"

"我这次什么都不碰。"

"那同样糟糕。这容易让人认为你觉察到那些食品不太新鲜。通常也的确如此。"

那枚小小的圣·克里斯托夫圣牌，在挡风玻璃下面像一个当地人迷信的崇拜物似的叮叮当当地摇摆着。

"我心里有些发慌，"姑娘说，"这事那么复杂，而且高乐太太不喜欢我。"

"并不是她不喜欢你，"莱克尔体贴地解释道，"只是上次，你记得吧，你在地方长官的太太离席之前就走了。当然了，我们并不受那些殖民地可笑的礼规约束，可是我们也不能让人看出急于离开的样子。一般说来，作为有地位的商人，我们是安排在负责公众事务官员后面离席的。你看见卡森夫人什么时候离席再离席。"

"我从来记不住她们叫什么。"

1　一种涂有干酪或放上鱼、肉的小面包片。

"就是特别胖的那个。你一眼就能认出来。对了，要是奎里也在那儿的话，别那么羞羞答答的，邀请他到咱们家来住一夜。在这么个地方，一个人总是渴望着找个人谈谈生活哲理的问题。看在奎里的面子上，我甚至可以让那个无神论的科林医生到咱们家住一夜。我们可以在走廊上再搭一张床。"

但这一天奎里和科林都没有去。

"不麻烦的话，请给我一杯贝利酒。"玛丽·莱克尔说。所有的人都被迫从花园回到屋子里，因为正好到了DDT喷洒车给整个城市消毒的时候了。

这次高乐夫人宽厚地亲手把贝利酒给她端上来。"你似乎是唯一见过奎里先生的人。"她说，"市长总想把他当作贵宾邀请到这儿来，可是他似乎不愿意离开那个倒霉的地方一步。为了我们大家，你也许可以恳求他到这儿来一趟。"

"我们跟他也不算太熟，"玛丽·莱克尔说，"他只是在那次涨水的时候在我们家住了一夜，我们并没有深交。要不是河里涨水他也不会住下来。我觉得他不愿意见人。我丈夫答应不告诉……"

"你丈夫把这件事告诉我们完全正确。要不我们会显得愚蠢透顶，竟然不知道这么一位大名鼎鼎的奎里住在我们这个地区。你觉得这个人怎么样，亲爱的？"

"我几乎没有和他说话。"

"他们告诉我，他在某些方面声名狼藉。你看了《时代》周刊上那篇文章了吗？哦，当然，是你丈夫把它拿来给我们看的。

当然不是因为文章里对他的描述。那只是他们在欧洲的说法。一个人必须记住，就连宗教中的一些圣徒也有过那么一段——我怎么说呢？"

"我没有听错吧，您是不是在谈论圣徒，高乐夫人？"莱克尔问道，"您总是为我们准备这么好的威士忌。"

"不完全是，我们在谈论奎里。"

"照我看来，"莱克尔说，就像班长在一个乱哄哄的教室里说话时那样稍稍提高了一点儿嗓门儿，"自从施威采尔以来，他到非洲来可能是一件最了不起的事了，说来说去施威采尔只不过是个耶稣教徒。奎里在我家度过的那个晚上，我发觉他是一位最有意思的客人。你们听过关于他最近的新闻吗？"莱克尔一边向全屋的人发问，一边像摇铃似的把杯子中的冰块摇得叮叮当当地响，"他们说两个星期之前他跑到丛林里去寻找一个逃跑了的麻风病人。他和那个病人在森林里待了一整夜，又是争论又是祈祷，极力劝说那个病人回去，把疾病治愈。夜里天下起雨来了，那个病人正发着烧，他就用自己的身体为那个人遮雨。"

"这多么不平凡，"高乐夫人说，"他是不是……"

总督身材生得很矮，近视眼，给人一副道貌岸然的样子，从外表上看，他总是带着一种向妻子乞求保护的神情，但是又像一个弱小的民族，对自己的文化感到自豪，并不情愿做一个卫星国。他说："世界上的圣人远比教会承认的那寥寥几个多得多。"这句话等于官方对于这个本来可能会被认为是怪僻或甚至是暧昧的行动盖上了赞许的印章。

"奎里是什么人？"公众事务局主任问奥特拉柯公司经理。

"听说是一位世界闻名的建筑师。你应该有所耳闻。他就在你所管辖的地区。"

"他不是官方派到这儿来的吧？"

"他在帮助建造新麻风病院。"

"那份计划是我前几个月审批的。他们并不需要建筑师。工程很简单。"

"盖那所医院，"莱克尔打断他们的话头，把他们拉到自己谈话的圈子里，"那不过是第一步，你们相信我的话没错儿。他正在设计一座现代化的非洲教堂。这件事他亲自向我暗示过。他是一个富于理想的人。他建筑出的东西会永存的。用砖石表现出的祈祷词。主教阁下来了，我们现在可以听听教会对奎里的看法了。"

主教身材高大，风度翩翩，胡须修剪得很整齐，眼睛则像爱在街头向女人献殷勤的老派绅士那样滴溜溜地四处张望。他一般尽量不把手伸给男人，免得他们对他行跪拜礼。可是女士们都很愿意吻他的戒指（这是一种无伤大雅的卖弄风情），而且他也乐于给女人这种机会。

"这么说我们中间来了一位圣徒，主教大人。"高乐太太说。

"您过奖了。总督先生呢？我怎么没有看见他？"

"他取威士忌去了。请原谅，主教大人，我刚刚指的不是您。我可不愿意看见您成为一位圣徒——暂时我还不想。"

"奥古斯丁[1]思想。"主教含糊其词地说了一句。

"我们正在议论奎里，那位大名鼎鼎的奎里，"莱克尔解释道，"一个像他这么有地位的人隐居在麻风病院里，还陪着一个麻风病人在丛林里祈祷了一整夜——您必须承认，主教大人，这种自我牺牲的精神是罕见的。您对此有什么看法？"

"我倒想知道，他是否打桥牌。"正像总督刚才的评论对奎里的行为给予了官方的赞许，现在主教提出的问题，则可以被看作教会以其传统的机敏办法保留了自己的意见。

主教接过一杯橘子汁。玛丽·莱克尔悲哀地看了那杯橘子汁一眼。她把自己手中的贝利酒放下以后，不知道该把手放在哪儿才好。主教对她和蔼地说："你应该学会打桥牌，莱克尔太太。我们这里可以凑上手的人太少了。"

"我怕打牌，主教大人。"

"我给牌祝祝福之后再教你。"玛丽·莱克尔拿不准主教是不是在开玩笑，她露出一个不易被觉察的微笑。

莱克尔说："我想象不出来，像奎里这么有才干的人怎么能和那个无神论者科林合作。我可以保证，科林这个人连'慈善'是什么意思都不懂。你们记得去年我想组织拯救麻风病人日吗？他对这件事采取不合作的态度。他说他承受不起慈善捐助。当时已经凑足了四百套衣服，可他就是不往下分发，唯一的理由是衣服不够分配。他说要是非发不可的话，他就只好自己掏腰包再买

1　奥古斯丁（354—430），生于北非塔加斯特，曾任北非希波地区（今阿尔及利亚安纳巴）主教。

些衣服凑够数，不然在病人中间会产生嫉妒——一个麻风病人为什么要嫉妒呢？您应该找一天同他好好谈谈，主教大人，告诉他慈善事业是怎么一回事。"

但是主教大人已经向前走去，他的手托着玛丽·莱克尔的胳膊肘。

"你的丈夫似乎满脑子都是那位奎里。"他说。

"他觉得奎里也许能和他谈得来。"

"可你为什么一声不吭？"主教轻轻地逗弄着她，倒好像她真的是他从街头咖啡馆结识的女人似的。

"我不会谈他喜欢谈论的那些话题。"

"什么话题？"

"自由意志、上帝的仁慈和——爱。"

"噢——爱……你对这个很在行，对吗？"

"不，我对这种爱一点儿都不懂。"玛丽·莱克尔说。

2

轮到莱克尔夫妇告辞时，他们已经等了卡森太太好大一会儿了。莱克尔喝得马上就要过头了。开始时他看着谁都好，之后变成谁都不顺他眼，他到处挑旁人的错，最后也挑剔起自己来了。玛丽·莱克尔知道在这个时候要是能劝说他服一片安眠药，可能一切就会过去，也许在他谈到"宗教"这个主题之前他就可以入事不省了。对于他，宗教就像红灯区敞开的大门，无疑是要通向性爱的。

"有的时候，"莱克尔说，"我希望我们有一位更注意灵魂的主教。"

"他对我很好。"玛丽·莱克尔说。

"我想他和你谈纸牌来着。"

"他说他愿意教我打桥牌。"

"我想他是知道我禁止你打牌的。"

"他不可能知道，我对谁都没说起过这事。"

"我可不希望我的妻子变成一个典型的殖民地白人。"

"我觉得我已经是这种人了。"她又小声地加了一句，"我不希望我和别人有什么不同。"

他厉声厉色地说："他们把所有的时间都花在扯闲话上……"

"我愿意我也能这样生活。我多么希望我也能这样生活啊！只要有谁愿意教教我……"

每次都一样。她自己除了喝点儿贝利酒外并没有喝别的酒，可她丈夫呼出来的酒精气味却弄得她喋喋不休地说起话来，倒好像威士忌进入了她自己的血液似的，而且这时她的话也最接近于真理。这个不知是谁说的可以使我们获得自由的真理，就像手指上的倒刺一样叫莱克尔非常恼火。他说："瞎说八道。不要说这种言不由衷的话。有的时候你让我想起高乐太太。"夜晚从路两旁向他们发出不协调的歌声，森林里传出来的声音盖过了引擎的轰鸣声。纳慕尔路是一条上坡路，两旁都是商店。她多么希望到所有那些店铺里转一转啊！她睁大了眼睛尽量想透过汽车窗玻璃看一看摆着女鞋的橱窗。她在制动器旁伸直自己的脚，喃喃地说："我穿六号的。"

"你说什么？"

"没什么。"

通过前灯的光柱，她看见路旁站立着的木笼像是一个来自火星的人。

"你这种自言自语的毛病越来越厉害了。"

她没有吭声。她无法告诉他，"没有人可以和我聊天"，聊聊街角的甜点心店，聊聊苔瑞斯修女摔断脚脖子的事，或是每年八月和父母去消暑的海滨地。

"这主要怪我自己，"莱克尔说，他到达了第二阶段，"我知道。我没能教会你像我似的看到真正的价值。你从一个椰油工厂厂主的身上又能希望得到什么呢？我不是过这种生活的人。我本来觉得甚至你都应该看到这一点。"他那张自负的黄脸像一张面具似的挂在她和整个非洲大陆之间。他说："我年轻的时候想做一名传教士。"他每次喝了酒都要向她说这句话，自从他们结婚以来至少一个月讲一次。每次他说这句话的时候，她心中都清清楚楚地浮现一张图画——他们在安特卫普的一家旅馆里度过的第一夜。他从她身上爬起来，像装了半袋东西的口袋一样扑通一下躺在她的身旁，她心头涌上一股温情，因为她想她在某种程度上使他失望了。她摸了摸他的肩头（他的肩头又圆又硬，就像袋子中装的瑞典甘蓝菜）。他粗暴地问她："你没满足吗？男人可不能没完没了地干。"之后他翻了一个身，背对着她，那个他永远不离身的圣章在他们互相拥抱时扭了过来，现在挂在他的脊背中间，圣像的正面对着她的脸，好像是在责备她。她想要为自己分辩分辩："是你要和我结婚。我也懂得什么是贞洁——嬷嬷们教过我。"可是她心目中的贞洁是某种使她总是联想到洁白的衣服、光辉和温柔的东西，而他所谓的贞洁则是隐居沙漠、穿着粗麻布衣服悔罪。

"你说什么？"

"没什么。"

"我是在对你谈我最深挚的感情，你就连这个也不感兴趣。"

她凄惨地说："可能这是个错误。"

"错误？"

"和我结婚。我年纪太轻了。"

"你的意思是说我年纪太大了，无法使你得到满足。"

"不——不是。我不是指……"

"你只懂得一种爱，对吗？你觉得圣徒是这样爱的吗？"

"我不知道谁是圣徒。"她绝望地说。

"你不相信吗？我虽然是个渺小的人，但还是能够穿越灵魂的暗夜的。我不过是你的丈夫，和你同床共枕……"

她低声地念叨着："我不明白。求求你，我不明白你的意思。"

"你不明白什么？"

"我本来以为爱情是为了使你感觉幸福的。"

"她们在修道院里就是这么教你的吗？"

"是的。"

他对她做了一个苦相，呼哧呼哧喘着气，汽车里一下子充满了一股酒精气味。他们从坐在椅子上的那个丑陋的人形身旁驶过。这时离家已经不远了。

"你在想什么？"他问。

她已经又回到了纳慕尔路旁的商店里，正在看着一个上年纪的店员把一双高跟鞋轻轻地、轻轻地穿在她的脚上。于是她说："没什么。"

莱克尔的语气突然变得非常柔和，他说："这可是祷告的好时机。"

"祷告？"虽然她的心还没有完全放下来，但是她知道口角已经过去了，因为根据以往的经验，阵雨过去以后，闪电反而来得更近了。

"当我没有事情可以考虑的时候，我是说在我需要考虑什么的时候，我总是要做祈祷，念一段《天主经》《圣母经》或者《悔罪经》。"

"悔罪？"

"悔恨自己对我爱的乖孩子无缘无故发了一顿脾气。"他的手放在她的大腿上，手指搓弄着她穿的丝裙子，就好像是在寻找一块可以捏住的肉体。车外那些遗弃在旷地上锈痕斑斑的锅炉告诉他们就要到达他们的住所了，再拐一个弯就可以看到卧室的灯光了。

她想直接进到自己的房间——那间又小又热、一点儿都不舒适的小屋，在她例假和不安全期他允许她独自留在那里。但是这次他碰了碰她，示意让她站住。她本来对能摆脱这件事也没抱多大希望。他说："你不生我的气吧，玛吕。"他总是在自己最不孩子气的时候故意大着舌头像小孩子似的喊她的名字。

"别。日子——不安全。"她把能逃避开他的希望放在他害怕要孩子这点上。

"来吧，出门之前我查看了一下日历。"

"最近两个月我不太正常。"有一次她买了一个灌洗器，他发觉后就把它扔掉了。后来他长篇大论地教训了她一顿，说她这种行动是违背自然的，是一种罪恶，他对天主教徒婚姻这件事慷慨激昂地大发了一通议论，最后这篇演讲以上床睡觉结束。

他把手放在她的腰下，轻轻地推着她向他想要去的方向走去。

"今天晚上，"他说，"我们冒一次险。"

"可是现在正是危险期啊。我保证……"

"教会并没有让我们躲避一切危险，而且不能总是使用安全期啊，玛吕。"

她向他哀求道："让我去一下我的屋子。我把东西放在那儿了。"

因为她最不喜欢在他那仔细玩味的注视下脱衣服了。"我不会耽搁得太久。我保证不会耽搁得太久。"

"那我等着你。"莱克尔答应了。

她尽可能地延长脱衣服的时间，然后从枕头底下取出一件睡衣。屋里很小，只摆得下一张铁床、一把椅子、一个衣橱和一个五屉柜。五屉柜上摆着一张她父母亲的照片——两个愉快的老人，他俩结婚很晚，就只有她这么一个孩子。此外还有一张她堂姐寄来的布鲁日的明信片和一本过期的《时代》周刊。柜底下她藏着一把钥匙，她把它拿出来打开抽屉。抽屉里是她的秘密博物馆：一本她第一次领圣餐时拿到的弥撒经书，保存得像全新的一样；一个贝壳；一张布鲁塞尔音乐会的节目单；一卷安德烈·勒热内著的《欧洲史》，这是她在学校的教科书；一本练习本，练习本里有她在学校时最后一个学期写的一篇论宗教战争的作文（这篇作文她得的是最高分）。现在她在这些收集品里又加上一本旧的《时代》周刊。奎里的头像遮住了勒热内的历史书。把它放在她孩提时代的纪念品中间显得那么不协调。她清清楚楚记得高乐太太的话："他在某些方面声名狼藉。"她锁上抽屉，藏好钥匙——再耽搁下去就危险了。然后她沿着走廊向他们的房间走去，屋里莱克尔光着身子四仰八叉地躺在双人床的蚊帐里，头顶上挂着一个木头雕刻的耶稣受难像。他的样子看上去就像一个用渔网打捞上来的淹死的人——汗毛像水草似的贴在肚子和腿上。但在她进来的一刹那他马上就活过来了，他掀起了半边帐子。"过来，玛吕。"他说。过去她的宗教老师有多少次对她讲过，基督的婚礼象征着主与他的教会的结合啊。

第二章

　　院长按着老派规矩，彬彬有礼地伸脚踩熄了雪茄，可莱克尔夫人刚刚坐下，他就又心不在焉地点燃了另一支。桌子上乱七八糟地堆满了小五金商品目录和他费尽心力计算价格的草稿纸，但他每次计算的结果都不一样，因为他的数学相当糟糕——遇到乘法他就把一个个数字加起来，遇到除法就用减法代替。一本商品目录打开的一页登着一张专为洗浴下体用的法式小浴盆照片，院长错把这种小浴盆当作新式洗脚盆了。在莱克尔夫人进来的时候，他正在计算，看看自己有没有这笔开支给麻风病院购买三打这种小浴盆：这种小浴盆用来给病人洗脚正合适。

　　"哦，莱克尔夫人，真没想到你能到这儿来。你的丈夫是不是……"

　　"不，他很好。"

　　"你独自一人走这条路可真不近。"

"到贝林家之前我都有旅伴。我在他们那儿住了一夜。我丈夫让我给您带来了两桶椰子油。"

"太让他费心了。"

"别这么说,我们可没给病院出什么力。"

院长忽然想到他没准儿可以请莱克尔夫妇捐赠几只这种新式脚盆,但是他又拿不准他们有没有能力拿出这么多钱来。对于一个毫无家私的人来说,只要有点儿钱的人都是财主——他是应该只要求一个脚盆呢,还是要他们捐赠三打?他小心翼翼地把相片转过去,让它对着玛丽·莱克尔,好像他只是随便摆弄这些图片似的。要是她惊叫一声:"这种新脚盆多有意思啊!"他就可以很自然地接上一句——

可是她却突然转换了话题:"那所新教堂的计划怎么样了,神父?"这使得院长有些狼狈。

"新教堂?"

"我的丈夫告诉我,你们正在着手建一座大教堂,而且是非洲式样的。"

"多么古怪的想法。要是我有建造教堂的钱,"——他就是用尽所有的纸片也计算不出建造一座大教堂该花多少钱——"是啊,我完全可以盖一百间设有洗脚盆的房子了。"他把商品目录又往她面前推了推,"我要是把钱浪费在盖教堂上,科林医生这辈子也不会原谅我的。"

"那我丈夫为什么……"

院长把握不住这会不会是个暗示——莱克尔夫妇准备捐一笔

款子……他几乎不敢相信这个椰油工厂的厂主会这么富有，不过莱克尔夫人当然可能收到一笔遗产。她继承的这笔遗产肯定是吕克居民的话题，但他一年才进一次城，很可能没听人谈论过。他说："您知道，老教堂还可以为我们服务一段很长的时间。我们这儿只有一半人是天主教徒。不管怎么说，当这里的居民还住在小泥屋的时候，盖个大教堂一点儿意义也没有。我们的朋友奎里找到一个办法可以减省住房造价的四分之一。他来之前我们这儿的人都是外行。"

"我丈夫说，所有的人都在谈论奎里正着手建造教堂的事。"

"哪儿的话，我们给他派了更好的用场。新医院离建成还早着呢。不管是讨来的还是偷来的，每一个铜板我们都用来购置医院的设备。我刚才就正在看这些价目表……"

"奎里先生现在在什么地方？"

"哦，我想他正在他的房间里工作，除非他到医院那儿去了。"

"两个星期之前，所有到总督家里做客的人都在谈论他。"

"可怜的奎里先生。"

一个还没有两英尺高的小黑孩儿没有敲门就走进来，就像是从烈日炎炎的屋外飘进来的一个影子。他全身都光着，鼓鼓的大肚皮底下像是挂着一只小豆荚。他拉开院长办公桌的抽屉掏出一块糖，又转身走了出去。

"他们当时一个劲儿地称赞他，"莱克尔夫人说，"是真的吗——他的仆人迷路的事……"

"好像发生过这么一件事。我不知道他们都说了些什么。"

"他们说他在那儿待了一整夜，祈祷……"

"奎里先生不是个喜欢祈祷的人。"

"我丈夫对他赞不绝口。这儿几乎没有我丈夫能谈得来的人。他让我到这儿来邀请……"

"我们非常感谢你送的那两桶油。这样我们就可以把买油的钱花在……"他把脚盆的相片又往莱克尔夫人面前移近了些。

"您认为我能和他说两句话吗？"

"问题是，莱克尔夫人，现在是他工作的时间啊。"

她央求道："我只想在我回去以后能够告诉我丈夫我已经邀请过他了。"可是在她那微弱、呆板的声音里并没有明显的恳求语气，院长的目光望着别处，注视着他还没有十分搞懂的小浴盆上的一个特殊结构。"你认为这个怎么样？"他问道。

"什么？"

"这个脚盆。我想为医院购置三打这种脚盆。"

没有听见她吭声，他抬头望了望，发现她的脸涨得通红，不禁吃了一惊。他猛地觉得她还是一个非常漂亮的孩子。他说："你认为……"

她有些慌乱，因为她想起她在修道院的时候那些性格泼辣的伙伴常常爱开的双关语玩笑。"这并不是脚盆，神父。"

"那么它还能做什么用？"

她第一次幽默地说："您最好是去问问医生——或是奎里先生。"她在椅子上稍稍移动了一下身体，院长误认为她要告辞了。

"到贝林夫妇家可不近，亲爱的。您要不要喝一杯咖啡？"

"不，不要，谢谢。"

"要不要喝一小杯威士忌？"多年的戒酒生活弄得院长丝毫不懂威士忌对于正午的毒日头来说过分强烈了。

"我不喝，谢谢您。对不起，神父，我知道您很忙。我不想给您添麻烦，我只想见见奎里先生，请他……"

"我会把你的意思转达给他的，亲爱的。我保证不会忘记的。你看，我就把这事记下来。"他犹豫了一下，想想怎么在备忘录上涂掉哪个数字好把这件事记下来："奎里——莱克尔。"他不可能告诉她：他已经向奎里保证了不让别人打扰他，"特别是那位虔诚的白痴——莱克尔"。

"这不行，神父，不行。我答应过我丈夫我要当面邀请奎里先生，要不然我丈夫不会相信我已经尽了力了。"她突然停顿了下来。院长想："她马上就要向我讨一张便条了，就是那种孩子们拿给老师请假的条子，证明他们真的生了病。"

"我甚至不能肯定他现在在什么地方。"院长说，他故意加重"肯定"这个词的语气，以避免撒谎。

"那我是不是可以去找找他。"

"我们可不能让你在这么毒的日头底下瞎跑，否则你丈夫会怎么说？"

"我就是怕我丈夫说我。他绝不会相信我已经尽力给他办这件事了。"显然她在极力忍着才没让泪水流出来，这使她看上去更增添了孩子气，因此也就很容易认为她是在像一个小孩儿那样无缘无故地悲伤掉泪而减少了眼泪的分量。

"我可以告诉你，"院长说，"我让他给你打电话——线路一通就打。"

"我知道他不喜欢我丈夫。"她悲凄地坦白道。

"我亲爱的孩子，这全是你的想象。"院长已经束手无策了，他说，"奎里是个古怪的家伙。我们中间没有一个人真正了解他。可能他谁都不喜欢。"

"他住在你们这儿，不躲避你们这些人。"

院长忽然有些生奎里的气。这些人送给他两桶油，当然对人家也应该以礼相待。他说："你在这儿等一等，我去看看奎里是否在他屋子里，我们不能让你找遍病院……"

他离开书房，顺着走廊拐了一个弯，向奎里的房间走去。他路过托马斯和保罗神父的房间，这两人的房间除了耶稣受难像和零乱程度不同外几乎没有什么区别。再走过去是礼拜堂，礼拜堂下面就是奎里的房间了。这是这里唯一没有任何标志的房间，几乎什么摆设也没有，既没有家乡的照片也没有双亲老人的照片。即使在这么炎热的天气，一进屋仍有一种阴森寒冷之感，就像是走进一座没有十字架的墓穴似的。院长走进屋子时，奎里正在桌子边看信。他并没有抬起头来。

"对不起，打扰你了。"院长说。

"请坐，神父。等一下，我这就看完。"他把信翻了过来，说，"你在信末怎样结尾，神父？"

"那要看给谁写的了。可能写'你的信仰基督的兄弟'吧？"

"'一切属于你[1]。'我记得我也曾用过这句话。现在听上去多么虚伪啊。"

"你来了一位客人。我遵守了我的诺言，极力替你挡驾。可我真无能为力了。不然的话也不来打扰你了。"

"你来了我很高兴。接到这封信我正想找个人谈谈呢。你瞧信追来了。怎么会有人知道我在这里？是不是吕克市那家该死的杂志也在欧洲发行？"

"莱克尔夫人来了，想见你。"

"哦，至少不是她丈夫。"

他拿起了信封，说："你看，她连邮政编号都没弄错。多么有耐心。她肯定给教会写过信。"

"她是谁？"

"我过去的情人。我三个月前离开她的，可怜的女人——这纯粹是虚伪。我没有怜悯。对不起，神父。我并不想使你尴尬。"

"你没有。莱克尔夫人倒使我有些尴尬。她给我们带来两桶油，想要和你说句话。"

"我值那么多吗？"

"她丈夫派她来的。"

"这是你们这里的习惯吗？告诉她我没兴趣。"

"她不过是来邀请你，可怜的孩子。你不能见她一面，谢谢她，婉言谢绝她丈夫的邀请吗？要是她不能对她丈夫说她已经当

1　原文为法语。

面同你谈过，她简直不敢回家了。你不怕她吧？"

"也可能怕，从某方面讲。"

"原谅我这么问你，奎里先生，可是你给我的印象不像是个怕女人的男人。"

"你难道从来没碰到过怕碰自己手指的麻风病人吗，神父？他们之所以怕碰手指是因为他们知道自己的手指已经丧失知觉了。"

"我知道那些恢复了感觉的人总是非常高兴——哪怕是疼痛的感觉。但是你总得给疼痛一次机会啊！"

"一个人可能会在截过肢的地方产生幻痛。这你可以问问截肢的人。好吧，神父，带她到这儿来。不管怎么说这要比见她那位该死的丈夫强得多。"

院长打开门，莱克尔夫人正站在门槛外边，站在强烈的阳光下面。院长看见她的嘴巴张得大大的，就像夜总会里闪光灯突然一亮，照见一个人抬头张望的神色一样——那是一张因痛苦而扭曲的脸。她猛地转过身去，疾步向自己的汽车走去。他们听见她几次发动引擎都没成功。院长跟过去。一群从市集上回来的妇女挡住了他的去路。他在汽车后面跑了几步，嘴里仍然含着方头雪茄，他的白色遮阳帽的帽檐向上扬着，但汽车却很快地从写着"麻风病院"的圆形拱门底下开走了。莱克尔夫人的仆人从车窗里好奇地注视着院长的狼狈相。追汽车的时候他把大脚趾崴了，所以往回走的路上一瘸一拐的。

"傻孩子，"他说，"她干吗不待在我屋里等着？她完全可以和嬷嬷们住一夜，天黑以前她绝对赶不到贝林家。但愿她的仆人是个靠得住的人。"

"你想她听见咱们说的话了吗？"

"肯定听见了。在你提到莱克尔的时候，声音一点儿都没有降低。要是你爱一个人，听到人们在背后议论他……"

"要是你根本不爱这个人，神父，那就更糟糕了。"

"她当然爱他。他是她丈夫。"

"爱情并不是结婚的要素，神父。"

"他们俩都信奉天主教。"

"那也一样。"

"她是个好孩子。"院长固执地说。

"对，她是个好孩子，神父。她不得不孤零零地一个人同那个人生活在一起，那是多么荒凉的沙漠啊！"他看了看桌上放的那封信和信尾那句人人都使用而且有些人真心实意想这样做的自我牺牲的话——一切都属于你。他突然觉得，在一个人已经失去感觉后却依然可能感到别人的痛苦。他把信装进了口袋；应该对得起她，起码叫自己感到口袋里有这张纸在窸窣作响吧。"她已经远远离开'潘戴勒'了。"他说。

"'潘戴勒'是什么？"

"我也不知道——朋友家中举办的一次舞会，一个生着纯朴、光洁的脸庞的年轻人，星期日和家里人去望弥撒，也可能意味着在单人床上睡觉。"

"人们总要长大的。我们迟早要做一些比你说的这些更复杂的事。"

"是吗？"

"在我们幼年时期我们想的也都是小孩子想的问题。"

"引证《圣经》中的警句我可比不上你，神父。但是《圣经》里肯定还有这样的话：我们必须保持赤子之心才能够继承……我们已经长大成人，可惜生长得不太理想，复杂的事物变得太令人费解了——我们还是应该停留在阿米巴阶段，不，应该比那个还早，应该在硅酸盐的阶段就不再进化了。假如你相信的那个上帝想创造一个成年人的世界，他就应该给我们一副成年人的头脑。"

"我们大多数人是自己把事情搞得复杂化了，奎里先生。"

"假如他想要我们头脑清楚，为什么又要给我们生殖器官？一个医生是不会为了让你思想清晰而给你开大麻的。"

"我记得你曾经说过，你对什么事情都没兴趣了。"

"是的，没兴趣了。我已经走到另一头儿了，到达虚无的状态了。尽管如此，我还是不愿意回首往事。"他说道。在他转动身体时，信在他口袋里发出沙沙的声音。

"悔恨也是一种信仰。"

"啊，不，不是信仰。你总是想把一切事情都扯到你的信仰之网中去，神父，但你不可能把天下的一切美德都窃走的。温顺不属于基督教义，自我牺牲不属于基督教义，慈善、悔恨也不属于。我猜想洞穴人在看到别人的眼泪时也会哭泣。你没看见过狗也会掉眼泪吗？就是在最后一次冰期来临，你的信仰最后暴露出其空洞无力的时候，世界上也总还有这种傻瓜，企图用自己的身体去温暖别人的身体，为了使另外一个人多活一小时。"

"你相信会有这种事吗？但是我记得你曾说过你已经失去了爱的能力。"

"我说过。可怕的是，我知道我将是接受别人给予温暖的人。给我温暖的几乎肯定是个女人。女人对死人总是怀有感情。她们的弥撒经本里到处夹着记忆的卡片。"

院长一边向门口走一边把雪茄掐灭，但马上又点燃了一支。奎里在他身后大声说："我走得已经够远了，不是吗？不要叫那个姑娘接近我，也不要叫我看到她那该死的眼泪。"他恼怒地用手重重地拍了一下桌子，因为他觉得自己好像说了一句诉说身上带有圣痕[1]的话语。

院长走后，奎里大声喊叫着迪欧·格拉蒂亚斯。迪欧·格拉蒂亚斯挂着一根拐杖走了进来。他看了看脸盆里的水是否需要倒掉。

"不是让你倒水，"奎里说，"坐下。我想问你点儿事。"

迪欧·格拉蒂亚斯放下拐杖，蹲在地上。失掉脚趾和手指的人连蹲在地上的样子也很古怪。奎里点着一支烟，把它放在迪欧·格拉蒂亚斯嘴里，开口说："下次你要是想离开这里，把我也带上行吗？"

迪欧·格拉蒂亚斯什么也没说。奎里又说："你不用回答

---

1 根据基督教传说，在某些虔诚的教徒身上可以出现与耶稣受难时相同的伤痕。

我。当然你想带着我。告诉我，迪欧·格拉蒂亚斯，那片水是什么样子？像那边那条大河吗？"

迪欧·格拉蒂亚斯摇摇头。

"那么像比科罗的湖水吗？"

"不像。"

"到底像什么，迪欧·格拉蒂亚斯？"

"那水是从天上落下来的。"

"瀑布？"但是这个词对于生活在只有平缓的河流和茂密丛林地区的人毫无意义。

"当你被背在母亲背上的日子里时，你还是一个孩子。那时候有很多其他的孩子吗？"

他摇摇头。

"告诉我到底是怎么回事？"

"那时我们是幸福的[1]。"迪欧·格拉蒂亚斯说。

1　原文为法语。

第四部

第一章

1

　　奎里和科林医生坐在医院的台阶上。清晨的气温很凉爽，每根柱子都投射出一道阴影，每块阴影里都蜷缩着一个麻风病患者。路那面，院长正站在祭台上做弥撒，因为这天正好是礼拜日。教堂并没有墙壁，只用砖砌起一些花格子遮挡阳光，所以奎里和科林医生可以望到教堂里被分割成一块一块的做弥撒的教徒，像是拼板游戏的一块块图板。前排椅子上坐着修女，修女后面是坐在一英尺高的长凳上的麻风病人。凳子是用石头垒的，因为石头比木头更容易消毒，也消得彻底。从他俩坐的地方望过去，阳光东一条西一道地照射在修女们的长袍和黑人妇女的花衣服上，景象十分炫目。当那些黑人妇女跪下去祈祷时，她们腿上戴的金属环像念珠似的丁零丁零地撞击着。因为隔着一段距离，又有砖墙挡住脚，那些残疾人现在都变得像健康人一样了。医生身后的最高一层台阶上坐着一位患象皮病的老人，他肿胀的睾丸

107

一直垂到第二层阶梯上。奎里和医生压低声音谈着话，为了不妨碍路那边正在进行的弥撒礼——神父的低沉的说教声、铃声、脚步擦地声和其他神秘的动作。他们早已忘记这些事的含义了，他们很久之前就不望弥撒了。

"真的不可能做手术吗？"奎里问。

"太危险了。他的心脏可能经受不住麻药。"

"这么说，他到死都得拖着这东西？"

"是的。但是并不像你想象得那么重。这有些太不公正了，对吗？除了麻风病之外还要受这份儿罪。"

教堂里，望弥撒的人群坐下来，随着传出一阵轻微的叹息声和身体移动的窸窣声。医生说："总有一天我要从哪位阔佬儿身上挤出点儿钱来，给那些最严重的病人造几张轮椅。当然，这个人需要一张特制的。你这位有名望的教堂建筑师能为巨睾症设计一张轮椅吗？"

"我想法子给你画张图。"奎里说。

院长的声音从路那边传过来。他使用的是法语和克利奥尔语的混合语，时不时还蹦出几个佛拉芒语词语。有一两个词奎里估计是蒙果语或是沿河部落的语言：

"讲心里话，听到这个人劝我时讲的话，我感到羞愧。他对我说：'你们基督徒都是贼——你们偷这个，偷那个，无时不偷。哦，我知道你们不偷钱。你们没有溜进托马斯·奥斯陆的小屋中偷走他的新收音机，但是这并不能说明你们不是贼。你们是比偷收音机更坏的贼。你们看见一个人和他妻子生活在一起，他不打她，当她在医院里吃了药身体不舒服的时候还照料她，你们就说这是基督徒的爱。你们去法庭，听见一个公正的法官对一个从白人的柜橱里偷白糖的人说："你犯了罪，但是我不罚你，而你，你也不要再到这儿来了。别再偷糖了。"你们听了这话就说这是基督徒的怜悯。可是当你们说这些话的时候，你们就是最大的贼——因为你们偷走了这个人的爱，偷走了那个人的怜悯。在你们看见一个人背上插着刀子、流血不止、奄奄一息的时候，你们为什么不说，"这是基督徒的愤怒"呢？'"

"我真的相信院长是在回答一些我向他提过的问题，"奎里说，他的嘴角一歪，科林已经懂得这是他在表示笑意了，"不过当时我使用的词语不同罢了。"

"亨利·奥卡巴有了一辆新自行车，在他自行车的刹车被人卸掉的时候，你们为什么不说，'这是基督徒的妒忌'呢？你们就像一个只偷好水果，却让坏水果烂在树上的人。

"不错。你讲我是天字第一号窃贼，可我说你弄错了。任何一个人在法官面前都要为自己辩护。你们坐在教堂里的所有人，你们现在都是法官，而这就是我的辩护。"

"我好久没有听神父讲道了，"科林医生说，"这使你想起孩提时代那些漫长乏味的时刻，不是吗？"

"你们向耶稣祈祷，"院长接着说，他出于习惯扭动了一下嘴，仿佛是在把雪茄从一边嘴角移到另一边，"但是耶稣不仅仅是一位圣人。耶稣是上帝，是他创造的这个世界。当你创作一首歌曲的时候，你本身也在歌曲里面；当你烤制面包的时候，你本人也在面包里面；当你生出一个婴儿的时候，你也存在于婴儿的身上。因为耶稣创造了世人，他就在你们每人身上。在你爱的时候，那是耶稣在爱，在你怜悯的时候，也是耶稣在怜悯。但是当你仇恨和妒忌的时候，和耶稣却没有关系，因为他创造出的一切都是好的。坏的东西根本没有——它们是不存在的。仇恨就是没有爱，妒忌就是没有公正。它们是耶稣应该占据的空间。"

"他回避了很多问题。"科林医生说。

"现在我告诉你们：当一个人爱的时候，他肯定是个基督徒。在这个村落里你们认为只有自己才是基督徒吗——只有你们这些到教堂来的人？有一个医生住在玛丽·阿金布家过去的一口井附近，他配制假药。他礼拜邪恶的上帝。但是有一次一个人病了，他的父母都在医院里，这医生就不要他的钱，医生给他的当然是假药，但是他不收钱。医生招待那个人吃了一顿丰盛的饭，他也没收钱。我可以说，这个医生也是一位基督徒，是一位比那个毁掉亨利·奥卡巴自行车的人更好的基督徒。他不信仰耶稣，但是他仍然是一个基督徒。我把他的仁慈偷走献给耶稣，我不是贼。我不过把耶稣创造的东西还给了耶稣。耶稣创造了爱，创造了仁慈。世上所有人身上都有耶稣创造出来的某种东西。从这点来讲，世上所有的人都是基督徒。所以说，我怎么可能是个贼呢？没有哪个人邪恶到这样的地步：在他的心中一次都不显明上帝赋予他的慈爱。"

"这么说我们两人都是基督徒了，"奎里说，"你觉得你是基督徒吗，科林？"

"我对这个没有兴趣，"科林说，"我希望基督精神能使可的松降点儿价，仅此而已。咱们走吧。"

"我不喜欢把事情搞得简单化。"奎里说。他继续坐在那里没有动。

院长继续传道："我并不是告诉你们为了爱上帝而去做好事。这非常困难。对我们绝大部分人都太困难了。但是如果你们因为一个孩子哭泣而表示怜悯，因为中意一位姑娘或某位年轻小伙子而表示爱，那就容易多了。这没有错，这是好事。千万记住你们感受的爱，你们显示的仁慈都是上帝赋予你们的。你们一定要使用这些感情，如果你们能向基督祈祷，也许事情就更容易一些，你们就能第二次、第三次显示仁慈……"

"就能第二次、第三次爱一个女人了。"奎里说。

"为什么不呢？"医生问。

"仁慈……爱……"奎里说，"他难道不知道人们也会出于爱或是出于仁慈而去杀人吗？一个传教士只能对着祈祷的人、对着参加礼拜的人们讲这些话，离开教堂这些话就毫无意义了。"

"我看这就和他想表达的意思完全相反了。"

"他想让我们因为爱而责备上帝吗？我倒宁愿责备人类。假如真有一个上帝存在的话，至少应该让他天真些。走吧，科林，趁你还没有皈依上帝或是相信你真是一个不自觉的基督徒之前，快点儿走吧。"

他们站起身来，离开了嗡嗡的诵经声向诊所走去。

"可怜的人，"科林说，"他过得很苦，可没有多少人感谢他。他为所有的人尽心尽力。假如让他觉得我心里还是暗暗相信上帝的话，对我不是一切都方便一些吗？很多神父不喜欢与无神论者为伍。"

"他从你这儿应该认识到，一个知识分子不相信上帝也完全可以生活下去。"

"我的日子比他好过多了——每天我的时间都被塞得满满的。我知道在一个人治愈了的时候，他的皮肤试验会呈现阴性反应。但是对于一个善举却没有皮肤试验可以验明。在你跟着你的仆人走进森林的时候，奎里，你的动机是什么呢？"

"好奇心。骄傲。绝不是基督之爱，这点我可以向你保证。"

科林说："不管怎么说，你谈话的口气听起来还是像失掉了一件你所爱过的东西似的。我没有失掉。我觉得我一直很喜欢我周围的人。喜欢要比爱安全得多，它不需要哪个人为它牺牲。谁是你的牺牲品，奎里？"

"现在没人是我的牺牲品了。我安全了。我被治愈了，科林。"他说最后一句话时并没有很大的信心。

2

保罗神父拿起一块所谓的奶酪酥，然后又为自己倒了一杯水，好使奶酪酥下咽时容易一些。他说："奎里今天和医生一起吃午饭算是对了。您不能劝嬷嬷们变变饮食花样吗？不管怎么说，礼拜天也该吃点儿好的啊。"

"她们做奶酪酥就是想款待款待我们，"院长说，"她们以为我们整整一礼拜都在盼着吃奶酪酥呢。我不想让这些可怜的人失望。她们放了不少鸡蛋。"

神父们的饭食都由修女们照料，每次把做好的食物从厨房送到餐厅，都要在太阳底下走四百米的路。那些修女从没想到过这段路对奶酪酥也好、对肉馅菜卷也好，甚至对饭后的咖啡也好，都是个大灾难。

托马斯神父说："我想奎里不太注意吃的问题。"他是这些神父中唯一让院长与之相处感到不自在的人。他似乎仍然保留着神学院那种紧张、焦灼的态度。实际上，他离开神学院要比其他神父早得多，可是他好像注定一生永远是一个愁眉苦脸的年轻人。同成年人在一起的时候，他永远惶惑不安。这些成年人更关心的似乎是发电站和砌砖的质量，而不是人的灵魂。灵魂可以等待。灵魂是永远不死的。

"不错，他是一位不讨人嫌的客人。"院长说，有意避开托马斯神父可能接着谈下去的话题。

"他是个了不起的人。"托马斯神父尽力把话题拉回来。

"我们现在已经有钱给医院观察室配备一台电风扇了。"院长故意把话题引开。

"我们以后还要给宿舍安空调呢，"让恩神父说，"再有个商店，订一些有碧姬·芭铎相片的最新的电影杂志。"让恩神父个子高高的，瘪谷脸，皮肤白皙，留着像从不修整的树篱一样的乱蓬蓬的大胡子。他在正式做神父之前研究伦理神学，很有成绩。现在他正小心翼翼地把自己培养成一个电影迷，好像这样就可以帮助他洗去不愉快的往事似的。

"我宁愿礼拜日午饭吃一个煮鸡蛋。"保罗神父说。

"臭鸡蛋煮了也不会好吃。"让恩神父说，他又拿起一块奶酪酥。尽管他老是一副病恹恹的样子，却同所有佛拉芒人一样，胃口永远好得出奇。

"她们要是能把鸡养好，鸡蛋是不会不新鲜的。"约瑟夫神父说，"我准备马上派些人，盖几个适合大规模养鸡的鸡舍。从她们的住处很容易把电线拉过去……"

菲利浦修士第一次开口讲话："电扇，鸡舍……小心点儿，神父，发电机很快就会超负荷了。"在同那些他认为神职比他更高的人在一起时，他一向很少插嘴。

院长知道在他身旁的托马斯神父这时心中正郁积着怒火。他巧妙地解围道："那间新教室的事，神父，你需要的东西都有了吧？"

"都有了，只是还缺少一位有一点儿宗教信仰的老师。"

"噢，是吗？我看只要能教会人们字母就成了。凡事总得分个轻重缓急。"

"我认为教义问答要比字母重要一些。"

"莱克尔今天早上打来一个电话。"让恩神父给院长解围说。

"他有什么事？"

"当然又是找奎里。他说他得到一个消息——关于一个英国人的什么事，可他不告诉我。他威胁说，只要渡口一通，他很快就来。我让他给我们带几本电影杂志，可是他说他从不看那玩意儿。他还要请葛里苟-拉格朗神父做一个关于宿命论的讲演。"

"有些时候，我真觉得奎里先生还不如别来好。"院长尽量把话说得很温和。

"可是我觉得他虽然给我们添了一些小小的麻烦，我们对他还是应该感到高兴的。"托马斯神父说，"再说，他也没有弄得我们寝食不安。"他给自己拣的一块奶酪酥始终放在盘子里没有动。他把一小块面包揉成一个硬球，像吃药丸一样用水送了下去。"只要他住在这儿，人们就不会让我们平静。奎里不只是一个名人，他的宗教信仰也很虔诚。"

"我可没觉得，"保罗神父说，"今天早上他就没参加弥撒礼。"院长又点燃了一根方头雪茄。

"不，他参加了。我向你保证，他的目光没有一秒钟离开过祭坛。他在路那边和病人们坐在一起。这和坐在前排背对着病人是一回事，对不对？"

保罗神父张嘴刚要回答，院长递过一个眼色把他止住。"不管话怎么说，这样看问题还是仁慈的。"院长说。他把雪茄放在盘子边上，站起身来对主表示了感恩，在胸上画了一个十字，接着又把雪茄拿起来。"托马斯神父，"他说，"我能单独和你说几句话吗？"

他带着托马斯神父走进自己的房间，把托马斯神父安置在文件柜旁边他为客人准备的一张椅子上。托马斯神父坐得笔直，全神贯注地望着他，神情就像一条眼镜蛇盯着一只鼬鼠。"身上带着雪茄了吗，神父？"院长问。

"您知道我不抽烟。"

"当然，对不起。我脑子里想的是另一个人。椅子不舒服吗？可能弹簧都坏了。在热带坐弹簧椅真是愚蠢透顶，可这些椅子是随着一大堆其他破烂儿给我们送来的……"

"椅子很舒服，谢谢。"

"我很抱歉，你的上教义问答的老师不合你的意。你看我们已经有了三个班的男学生了，找个好老师不那么容易。嬷嬷们似乎比我们搞得好。"

"假如您认为玛丽·阿金布做老师合格的话。"

"我听阿格妮斯嬷嬷说，她工作很努力。"

"当然，假如您把每年跟一个不同的男人生一个孩子叫作努力工作的话。我看让她带着摇篮在教室里上课很不合适。她现在又怀孕了。这给学生们树立的是什么榜样啊？"

"噢，不错，你知道，不同的国家有不同的习俗[1]。我们到这儿是来帮助，不是来谴责人家的，神父，而且我觉得我们也不好插手嬷嬷们分内的事。她们比我们更了解年轻的女人。还有，你应该知道，这里的人没有几个知道自己的生身父亲到底是谁。孩子是属于母亲的。可能这正是比起新教来，孩子们更喜欢我们、更喜欢圣母的原因。"院长在寻找合适的词语，"让我想想，神

1　原文为法语。

父。我记得你和我们一起——已经有两年了吧？"

"到下个月整两年。"

"我觉得你的营养不够。这种奶酪酥不是很能引起人们胃口的……"

"我对奶酪酥倒没有什么。我现在凑巧因为个人的一点儿事进行斋戒。"

"你的告解神父一定同意你这样做了？"

"只斋戒一天，用不着征求他的同意啦，神父。"

"选中吃奶酪酥这天倒是个好主意，可是你知道欧洲人很难适应这里的气候，特别是初来乍到。等六年过去，我们适应了，也该到我们回去的时候了。有时候我都有些害怕回国。刚回国的几年……千万别自己开车。"

"我看不出来自己开车有什么不合适，神父。"

"我们的第一个职责，你知道，就是要活下来，即使这意味着做事要稍微松弛一些。你具有伟大的自我牺牲精神，神父，这是一种高尚品质，但这并不是一种战场上永远需要的精神。一个优秀的战士绝不会自己去寻找死亡。"

"我真不知道……"

"我们所有的人有时都会感到束手无策。可怜的玛丽·阿金布，我们不得不凑合着点儿，有什么材料就使用什么材料。就是在列日[1]的某些教区我也不敢保证你准能找到更合适的人才，虽然

---

1 列日，比利时东部的城市。

有时候我也想，列日的日子会好过得多。并不是每个人都适合到非洲来做教会工作的。如果一个人不能适应这里的生活，他完全可以要求调走，这算不得丢脸的事。你睡眠好吗，神父？"

"我的睡眠足够了。"

"你也许应该让科林医生检查一下身体。在必要的时候，服上一片什么药还是很有好处的。"

"神父，为什么您这么不喜欢奎里先生？"

"我希望不是这种情况。我没有觉察出我有这种表现。"

"像他这样有名声、地位的人——他是世界闻名的人，神父——即使保罗神父从来没听说过这个名字。换了哪一个肯默默无闻地待在这儿，帮助我们建造医院呢？"

"我不管他是什么动机，托马斯神父。我只是希望我带着感激之情接受他为我们所做的贡献。"

"可是，我这个人是要研究别人动机的。我和迪欧·格拉蒂亚斯谈过。我真希望我也能像奎里那样，深夜到森林里去寻找一位仆人。可是我怀疑……"

"你害怕黑暗？"

"我是害怕，尽管承认这一点让我觉得很惭愧。"

"这么说你需要的是更多的勇气。可是我还得想办法知道一下有没有什么叫奎里先生感到害怕的。"

"是吗？他那样做不是一个英勇的行为吗？"

"噢，不是这么回事。一个无所畏惧的人就和一个没有心肠的人一样，使我感到不安。恐惧能够使我们避免很多灾难。当然我不是说奎里先生……"

"整夜守着他的仆人，为他祈祷，难道这是没有心肠的表现吗？"

"他们在城里是这么说，这我知道，不过他当时真的祈祷过吗？奎里先生告诉医生的时候可没有这么说。"

"我问过迪欧·格拉蒂亚斯，他说是。我问他奎里念的是什么祈祷经——是不是《圣母经》，他说是。"

"托马斯神父，你在非洲再住一段时间，就能学会不向非洲人问这些他可以回答'是'的问题了。他们回答你'是'是出于礼貌。这种回答一点儿意义也没有。"

"我在非洲已经住了两年，我觉得我能够分辨出一个非洲人说的是真话还是假话。"

"他并不是在说假话。托马斯神父，我完全理解你为什么那么崇拜奎里。你们俩都是走极端的人。不过在我们这种生活里，最好还是不要有英雄——就是说，最好还是不要有什么活着的英雄。我们已有的圣徒已经够了。"

"您的意思是说世上没有活圣徒？"

"当然不是这个意思，可是在教会承认他们之前，我们还是不要自作主张。这样我们就不会过于失望了。"

3

托马斯神父站在他房间的纱门前面，透过网眼注视着病院灯光昏暗的甬路。他身后的桌子上放着一根点着的蜡烛，在没有灯罩的电灯泡下发出苍白的光芒，再过五分钟就要停止供电了。这正是他恐惧的时刻，就是祷告也无法驱散他对黑暗的恐惧。院长的话又唤醒了他心中对欧洲的思念。可能列日是一座丑陋、野蛮的城市，但是在那里，如果夜间掀起窗帘绝不可能看不见照在对面墙上的灯光或是晚归的行人。而在这里，晚上十点钟发电机停止运转后，却需要一个坚定的信念才能相信森林并没有逼近到你的房间门槛前。有的时候他甚至都能听到树叶蹭着系蚊帐的绳子，唰唰作响。他看了看表——还有四分钟。

他向院长承认了他害怕黑暗。可是院长却根本不理会他这种恐惧心理。他很想把自己的心里话说一说，可是他不能向他的会友坦白，正像一个士兵不能向他的战友坦白承认他的怯懦似的。他不能对院长说："我每夜都祈祷，不要叫我去照看医院里或是小厨房里垂死的病人吧，不要叫我点亮自行车的车灯独自骑车驶过暗夜吧。"几个星期之前就有一个老人这样死去了，那次是约瑟夫神父去料理后事的。尸体坐在一张东倒西歪的帆布椅上，膝盖上放着一个信奉恩赞比的偶像或是类似的玩意儿，脖子上却挂着一块圣章。因为找不到蜡烛，约瑟夫神父只好借助车灯的光亮给死者行涤罪礼。

他相信院长不喜欢他对奎里的崇拜。他觉得他的同伴们把生命都耗费在一些琐碎的小事上，他们经常在一起谈这些问题：脚盆的价格啊，发电机出了故障啊，砖瓦窑窝了工啊，等等，但是他却找不到一个人谈谈他感到忧虑的问题。他羡慕婚姻美满的人，他们在床上和饭桌上总有个可以说说知心话的伙伴。托马斯神父把自己献给了教会，而教会却只是用告解室里的那些陈词滥调来回答他的心里话。他清楚地记得，就是在神学院里，只要他谈的问题稍稍超出一点儿常规，听告解的神父就把他的话打断。不管你的思想朝哪个方向走，"疑虑"总像一块交通标志牌那样竖在前面，把你的去路挡住。"我想要找人谈谈，我想要找人谈谈。"托马斯神父在发电机沉寂下来、所有的灯光都熄灭以后不出声地对自己喊道。有人在黑暗中向露台走来，脚步声经过保罗神父的门口，马上就要从他的门口走过去了，这时候他叫了一声："是你吗，奎里先生？"

"是我。"

"你不进来坐一会儿吗？"

奎里打开门，走进蜡烛的小小的光环里。他说："我刚才向院长说明小浴盆和脚盆不是一回事。"

"你为什么不坐一会儿？我从不这么早睡觉，我的眼睛不好，蜡烛光下看不了书。"只这一句话，他向奎里坦白的已经比以往这么长时间向院长坦白的还要多了。他知道，要是他向院长这么说，院长一定会给他一只手电筒，还会答应他在停电以后愿意阅读多久就阅读多久，但是这种额外的恩典只会引起别人对他弱点的注意。奎里看看四周有没有椅子。屋里只摆着一把，托马斯神父赶紧把床上的蚊帐往后掀了掀。

"到我屋里去吧，"奎里说，"我那儿还有点儿威士忌。"

"今天我斋戒，"托马斯神父说，"就坐那把椅子吧，我坐在这儿。"蜡烛的火焰笔直朝上，顶端冒着黑烟，像一支画笔。"你在这儿过得还好吧？"托马斯神父说。

"大家对我都很好。"

"自从我到麻风病院以后，你还是第一个到这里来访问的客人。"

"是吗？"

托马斯神父生着一个瘦长的鼻子，鼻子尖古怪地歪向一边，这使他的样子看去像是在嗅旁边飘来的什么气味。"要使自己的生活在这里合辙，得有一段时间。"他神经质地笑了起来，"可我不敢肯定我自己的生活是不是已经合辙了。"

"我明白你的意思。"因为没有别的话好说，奎里只机械地回答了这么一句，可是这句老生常谈马上就被托马斯神父像一口酒似的吞咽下去。

"是啊，你的理解力很好。我有时候觉得一个世俗的人理解力比神父还强。"他又加了一句，"有时候信仰也更深。"

"就我来讲，可绝不是这么回事。"奎里说。

"我这话和谁都没说过，"托马斯神父说道，那神情就像给了奎里一件什么宝贵物品，会使奎里永远欠着他的情似的，"在我从神学院毕业以后，我有时候想，只有殉教才能拯救我自己——假如我能在失去一切以前死去就好了。"

"一个人不会死的。"奎里说。

"我希望被派到中国去，可是他们没有要我。"

"你在这里工作同样有价值。"奎里说。他就像是在发牌一样飞快地、机械地回答着托马斯神父的问题。

"教字母？"托马斯神父在桌上移动了一下身体，蚊帐一下子掉下来蒙在他的脸上，像是一块新娘的面纱或是养蜂人的面罩。他撩了撩，但没撩上去，就仿佛一个无生命的物件也有足够的意识知道这是折磨人的最好时刻似的。

"好啦，该睡觉了。"奎里说。

"对不起。我知道我妨碍你睡觉了。我使你厌烦了。"

"一点儿也不，"奎里说，"再说我睡眠很不好。"

"是吗？天气很热。我也是这样，一天睡不了几个小时。"

"我可以给你几片药。"

"不用，不用，谢谢你。我很习惯这里的生活——是上帝派我到这里来的。"

"你一定是自愿来的吧？"

"当然了，可要不是主的意旨……"

"也许主的意旨要你服一片耐波他[1]。我这就去给你取一片来。"

"和你谈一会儿话对我要好得多。你知道，在教会里一个人根本不能谈话——不能说任何重要的事。我是不是耽搁你的工作

---

1 一种安眠药。——编者注

了？"

"我在蜡烛光下没法儿工作。"

"我这就放你走。"托马斯神父说，勉强露出一个笑脸，之后又沉默不语了。森林可能正在逼近，但是终于有一个人给他做伴了。奎里就坐在他跟前，两只手夹在膝盖中间，等待着。一只蚊子在蜡烛火焰旁边嗡嗡地飞着。在托马斯神父心灵里，想和第二者谈谈心里话的欲望就像性欲的高潮一样无法控制了。他说："你不会明白，有的时候一个人多么需要找一个志同道合的人谈一谈，使自己的信念更加巩固。"

奎里说："你可以同那些神父谈。"

"我们的话题只局限在发电机和学校这些事上，"他说，"有时我觉得，要是我在这里待下去的话，我可能要把自己的信仰丢个精光。你明白我的意思吗？"

"哦，明白，我懂你的意思。可是我觉得，这些话你应该找你的告解神父去谈，不应该同我谈。"

"迪欧·格拉蒂亚斯对你谈了，是吗？"

"谈了，不过不多。"

"人们愿意同你谈话，莱克尔就……"

"绝没有这种事。"奎里不安地在硬椅子上移动了一下身体，"我能够同你讲的，对你不会有任何帮助。你必须相信我的话。我不是一个——有信仰的人。"

"你很谦虚，"托马斯神父说，"这一点大家都看到了。"

"假如你知道我骄傲的程度……"

"为建筑教堂、建筑医院而感到骄傲，这不是坏事。"

"你千万不要用我来坚定你的信仰，神父。我是没有这种力量的。我不想说什么刺激你的话——可是我真没有什么东西好给你——什么也没有。除非在军队服役和在监狱里，我甚至不承认自己是天主教徒。我只是从法律角度上来看是个天主教徒，如此而已。"

"我们两人都抱着怀疑的态度，"托马斯神父说，"也许我比你更甚。甚至当我站在祭坛上、手里拿着圣体的时候，怀疑也常常到我心头来。"

"我早就不再怀疑了。神父，假如要我说实话，我根本不信上帝。一点儿都不相信。这是从我自己的一套思想里摸索出来的结论——正像我对女人的看法一样。我不想劝说别人放弃信仰，甚至不想叫他们感到不安。假如你允许的话，我想保持缄默。"

"你想象不出这场谈话给我多大的好处，"托马斯神父兴奋地说，"这里没有一个神父，我同他能像同你这样谈话。有的时候一个人真需要找一个同自己有同样弱点的人谈谈心呵。"

"可是你误解我了，神父。"

"你难道还不清楚，也许你这种精神空虚是上帝给你的恩宠吗？很可能你现在走的是圣十字约翰[1]走的路，正在经历'灵魂的暗夜'呢。"

"你说得太玄了。"奎里边说边做了一个绝望（也许是反

---

[1] 圣十字约翰，十六世纪赤脚嘉梅尔教派（一称白袍僧）的创始人，著有《灵魂的暗夜》等宗教书籍。

对）的手势。

"我一直在观察你，"托马斯神父说，"我会判断一个人的行动。"他向前凑了凑，脸几乎挨到奎里的脸上，连他身上涂的驱蚊油的味儿奎里都闻到了，"从我到这儿来以后，我第一次觉得自己还有点儿用。如果你什么时候要悔罪，千万记着来找我。"

"我只可能对治安推事悔罪。"奎里说。

"哈哈。"托马斯对待这句玩笑话就像对待小学生的皮球一样，在半空中就把它截住，立刻没收到自己的法袍下面了。他说："你的那些怀疑，我向你保证，我也知道得很清楚。但是难道我们不能从哲理的角度探讨一下吗……这对我们双方都有好处。"

"对我一点儿好处也没有，神父。任何一个十六岁的中学生都可以把它们批驳得体无完肤，而且不管怎么说，我根本不需要帮助。我不希望把话说得太苛刻，神父，但我就是不想再信仰什么了。我已经治愈了。"

"可我从你身上比从这里任何其他人身上看到更多的信仰，这又是为什么呢？"

"因为在你自己心里有信仰，神父。你在寻找它，而且据我看，你也找到了。可是我并没有寻找。我不想要任何我所熟知又已失去的东西了。如果信仰就长在林荫道尽头的一棵树上，我向你发誓，我也绝不会再往那儿走了。我不是想说什么伤害你的话，神父。假如我有这份能力的话，我一定帮助你。假如你因为怀疑而痛苦，显而易见你感到的是信仰的痛苦，我祝你一切顺利。"

"你真的把什么都看清了吗？"托马斯神父问。奎里实在抑制不住自己，不禁露出疲倦、厌烦的神色。"别生气。可能我了解你比你自己了解自己更清楚。我还从没有发现人对人这么了解，在全以色列也没有，假如你可以管我们这群人叫以色列的话。你做了那么多的好事。也许——再找一个晚上——我们可以再在一起谈谈。谈谈我们的问题——你的问题和我的问题。"

"也许，但是——"

"为我祈祷吧，奎里先生。我是很看重你的祈祷的。"

"我不祈祷。"

"可是我从迪欧·格拉蒂亚斯那里听来的跟你说的不同。"托马斯神父说着笑了笑，他的笑容像是一根甘草棍儿，黑黑的、甜甜腻腻的，挂在脸上很久也不消失。他说："你要知道，有一种内心的祈祷，不出声音的祈祷。当一个人对别人充满良好的祝愿时，甚至有不知不觉的祈祷。你的一个思念在上帝眼中就可能是一种祈祷。只要你偶然想到我就成，奎里先生。"

"当然，我会想到你。"

"你对我有很大的帮助，我愿意我对你也能这样。"他顿了顿，仿佛是在等着对方提出请求，但是奎里只把一只手举到脸上，拂掉了一只蜘蛛在他和房门之间吐的一根游丝。"我今天夜里可以睡觉了。"托马斯神父预言道。

第二章

1

　　大约每月两次，主教的小轮船定时给医院运来大宗供应物品，但是有的时候也可能一连几个星期不露面，他们只好强耐着性子等着轮船到来。有时奥特拉柯公司运送邮件的小船船长会带来它的这家竞争对手的消息——河里的一块暗礁把主教的小轮船底撞破了，搁浅在泥泞的岸边了；船舵被沉在河里的树干撞歪了；船长发高烧病倒了；再不然就是主教派船长去教希腊语，一时找不到合适的神父接替他的职务。教会里没有什么人愿意干这个差事，当船长不需要任何驾船知识，甚至用不着懂得机械，因为实际上负责引擎与船桥上事务的是一位非洲籍大副。每一次航行都要在河上孤独地过四个星期，每到一个停泊处都要设法寻找一些没有和奥特拉柯公司签订合同的货物，这种生活同在吕克的教堂里工作或者哪怕是在丛林里的神学校中任职相比，条件差远了。

黄昏的时候麻风病院的人听到误期很久的汽船上传来的船钟声。科林和奎里也听到了钟声，当时他们正坐在医生住房的露台上喝夜晚的第一杯酒。"终于来了，"科林说着，喝干了杯中的威士忌，"但愿他们这次把新X光机运来了……"

沿着长长的通道，白色的花朵在傍晚开放了，晚饭的炊烟已经升起，仁慈的黑暗终于降临，遮盖住丑陋与残疾的肢体。夜晚的嘈杂声响还没有开始，四周一片宁静，就像一片你可以触摸得到的花瓣，像是你可以嗅到的一股木柴的青烟。奎里对科林说："你知道我在这里很幸福。"虽然话刚一脱口他就把嘴闭住，这句像是供词的话却已逃到夜晚芬芳的空气里去了。

2

"我还记得你来的那天，"科林说，"你就是沿着这条路走来的，当时我还问过你，准备在这里待多久。你说——记得吗？"

奎里一言未发，科林看得出来他已经后悔自己刚才说的话了。

白色的汽船缓慢地从河流的转弯处驶过来，船头亮着一盏灯，客舱里点着一盏汽灯。一个除了腰下围着一块布便一丝不挂的黑色人体，一动不动地站在浮筒边，手里拿着一根缆绳准备抛出去。身着白色法衣的神父们聚集在走廊上，就像一群蛾子拥在蜜糖罐的周围。科林回头望了一眼，看见院长的雪茄的闪亮正跟在他们后面。

科林和奎里在河边陡峭的岸边停住了。一个非洲人从浮筒上跳到水里，向岸边游过来，引擎慢慢停了下来。他接住绳子，把它系在一块石头上。甲板上堆满货物的汽船靠了岸。一名水手架好一块板子，一位妇女登上了岸，头上顶着两只活火鸡，她摆弄了半天裙子才把它系好。

"繁华世界到我们这儿来了。"

"你指的什么？"

船长从客舱的窗口向岸上挥着手。狭窄的甲板上，主教的舱门关着，但一缕微光还是从防蚊纱帘后边透了过来。

"哦，你永远猜不出汽船每次会运来什么。它不是把你也带来了吗？"

"他们好像有一名旅客。"奎里说。

船长从窗口对他们做着手势，示意叫他们到船上去。"他哑了？"院长一边说一边凑到他们身旁，接着他拢起双手，做了个喇叭形放在嘴边，大声喊道："喂，船长，你误期了。"白色法衣的袖子在暮色里挥动了一下，船长伸出一个指头放在嘴唇上。"噢，上帝啊，"院长说，"他把主教带来了吗？"院长第一个走下岸坡，跨过舷板。

科林说："你先走。"他知道奎里有些犹豫，他说："我们可以去喝一杯啤酒。这是惯例。"但奎里还是没有动。"船长一定很高兴又见到你。"他继续说道，一只手托在奎里的肘下帮助他走下岸坡。院长正在女人、山羊和甲板上散乱堆放的盆盆罐罐中穿行着，向引擎旁的铁梯子走去。

"你怎么说'繁华世界'？"奎里说，"你不是真的觉得……"他突然打住话头，目光望着他曾经住过的小客舱，客舱里的烛光被河上的微风吹得摇曳不定。

"不过是句玩笑话，"科林说，"我问你——这不像是繁华的世界吗？"非洲的夜幕降临得很快，船一下子就被黑暗笼罩住，只有主教舱中的蜡烛和客舱中的汽灯闪着光亮。汽灯下两个白色人影正在互相问候。梯子下面还点着一盏防风灯，旁边坐着的一名妇女在给丈夫做晚饭。

"我们走吧。"奎里说。

船长在梯子顶端迎接他们。他说："你还在这儿，奎里。又看见你真高兴。"他的声音很低，好像在说什么隐秘话。客舱里啤酒瓶已经打开，在桌上摆好。船长把门关上，第一次抬高了嗓门儿说："快把它喝了，科林医生。我这儿有一名病人等着你呢。"

"船员吗？"

"不是船员，"船长一边说一边举起酒杯，"一名真正的乘客。两年来我只有过两名真正的乘客，第一位就是奎里先生，现在又来了这个人。一位付钱的乘客，不是神父。"

"什么人？"

"他是从外面繁华世界到这儿来的，"船长说，这正好应了科林那句话，"这可苦了我。他不会说佛拉芒语，法语也不行。在他发烧病倒以后，事情就更麻烦了。我真高兴船已经到达目的地了。"说完了这些话，他似乎又恢复往常那种寡言少语的习惯了。

"他干吗要来这儿？"院长问。

"我怎么知道？我告诉你——他不会说法语。"

"他是医生吗？"

"肯定不是医生，不然他也不会因为发点儿烧就吓成这个样子。"

"也许我应该立刻去看看他，"科林说，"他讲什么语言？"

"英语。我试过和他讲拉丁语，"船长说，"我甚至也试过希腊语，但是没有用。"

"我会说英语。"奎里不大情愿地说。

"他发烧烧得厉害吗？"科林问。

"今天最厉害。明天就会好些了。我对他说，'过去了'[1]，可是我觉得他一定以为我是说他就要死了呢。"

"他在哪里上的船？"

"吕克。莱克尔把他介绍给主教的，我这么想。他没有赶上奥特拉柯公司的船。"

科林和奎里沿着狭长的甲板向主教的舱房走去。甲板尽头挂着一条变了形的救生带，像是一条干鳝鱼。他们走过淋浴间、厕所，厕所的门已经破烂不堪，紧挨着厕所放着一张餐桌和一个圈着两只兔子的木箱，兔子在黑暗里啃着什么。船上什么都没变

---

1 原文为拉丁语。

样，也许只有兔子已经不是原来的两只了。科林打开舱房的门，里面挂着那张覆盖着白雪的教堂照片。但是在那张奎里觉得应该还留着自己躺过痕迹的凌乱的床上，如今却躺着一个赤身裸体的肥胖男人。这个人仰面朝天躺着，脖子上挤出三条肉缝，像排水沟一样，缝里充满了汗水，一直淌到枕头上脑袋陷进的凹坑里。

"我想我们得把他弄到岸上去，"科林说，"不知道神父那儿还有没有空房。"桌子上放着一架禄莱福莱照相机和一台雷明顿牌手提打字机，打字机上卷着一张纸，上面已经打了几行字。当奎里把蜡烛拿近一些时，他看清上面有一句英语："永恒的森林笼罩着河岸，多少年来一直没有变化，自从斯坦利[1]和他的小队——"句子没有标点就中断了。科林拿起那个人的手腕，摸了摸他的脉搏说："船长说得对。过不了几天他就可以下床。这一觉过后烧就会退了。"

"那为什么不让他留在这儿呢？"奎里说。

"你认识他吗？"

"从来没见过。"

"我刚才听你的话好像你有些担心，"科林说，"要是他的船费只付到这儿，我们就不好让他坐船回去了。"

科林放下那个人手腕的时候，他醒过来了。"你是医生吗？"他用英语问。

"我是。我是科林医生。"

---

1 亨利·莫尔顿·斯坦利爵士（1841—1909），英籍非洲探险家。

"我是帕金森，"那个人坚定地说，听上去倒仿佛他是帕金森一族人中的唯一幸存者似的，"我快死了吗？"

"他想知道他是不是快要死了。"奎里翻译道。

"这儿他妈的简直热得让人受不了。"帕金森说，他望着奎里，"感谢上帝，到底来了一个会说英语的人。"他把头转向打字机，又说："白种人的坟墓。"

"你的地理位置搞错了，这儿不是西非。"奎里冷冰冰地纠正他说。

"他们不会知道这他妈的有什么区别。"帕金森说。

"斯坦利从来没有到过这儿。"奎里继续说，一点儿也不想掩盖他的敌意。

"不，他来过。这条河不是刚果河吗？"

"不是刚果河。一个星期之前你离开吕克后就不是刚果河了。"

那个人语义不清地说："他们不会知道这他妈的有什么不同。我的头都快炸了。"

"他说他的头不好受。"奎里告诉科林。

"告诉他，我们把他弄到岸上以后我会给他开点儿药的。问问他能不能走到神父宿舍那儿去。要是抬他可太重了。"

"走路！"帕金森惊呼道，他扭了扭脑袋，汗水顺着脖子上的肉缝全部流到了枕头上，"你要我死吗？这可他妈的是个好故事，除了我谁都爱听。帕金森安息在斯坦利曾经……"

"斯坦利从没到过这儿。"奎里说。

"我不管他来过没来过。为什么老是谈这个问题？我热得要命。应该有一台电扇。如果这家伙是医生，为什么他不能把我送进一家像样的医院去呢？"

"我怀疑你会不会喜欢进我们的医院，"奎里说，"这里的医院是给麻风病人看病的。"

"那么让我待在船上吧。"

"船明天就回吕克。"

帕金森说："我听不懂这位医生的话。他医术高明吗？我可以相信他吗？"

"不错，他是一位好医生。"

"可是他们从不对病人讲真话，不是吗？"帕金森说，"我父亲临死的时候还认为他得的病只不过是十二指肠溃疡呢。"

"你不会死的。你不过是染上了疟疾。发作期已经过去了。你要是能自己走上岸，对我们大家都方便得多。除非你愿意回吕克去。"

"只要我开始一件工作，"帕金森含糊不清地说，"就要把它完成。"他用手抹了抹脖子上的汗。"我的腿和面条一样软，"他继续说，"我肯定掉了几十磅体重。我怕的是心脏吃不住劲儿。"

"别同他废话了，"奎里对科林说，"我看只好找人把他弄上岸了。"

"我去安排一下。"科林说完就走了。当舱里只剩下他们两人时，帕金森说："你会照相吗？"

"当然。"

"用闪光灯呢？"

"也行。"

帕金森说："你能不能帮我一个忙？在把我往岸上抬的时候给我拍几张照片。尽量照出点儿气氛来——你知道该照什么，几张黑人的面孔围在我周围，焦虑、怜悯……"

"他们为什么要焦虑？"

"很容易做到，"帕金森说，"他们担心把我摔了，自然会有这种表情——那些人看不出这里面的区别来。"

"你要这种照片做什么？"

"这正是他们喜欢要的东西。照片是不会骗人的，人们都这样认为。你知道，从你进到这间舱房，我就又能说话了，我的病好多了。我的汗也不像刚才那么多了，是不是？而且我的头……"他小心翼翼地扭了扭头，呻吟了一声，"是啊，假如我没有染上疟疾，我敢说我也得装一装。这种事最能引起人们的同情心。"

"如果我是你的话，我就少说点儿话。"

"我这趟航程总算到头了，我他妈的真高兴。我说的是真话。"

"你到这儿来干什么？"

"你认识一个叫奎里的人吗？"帕金森说。

他挣扎着侧过身来，脸上的汗珠和大片的汗水反射着蜡烛光，就像雨后一条人来人往的马路。奎里肯定在这以前他从没见过这个人，他一下子想起科林对他讲过的话："繁华世界到我们这儿来了。"

"你找奎里干什么？"他问。

"我的工作需要找找他。"帕金森说，他又开始呻吟起来，"这可不是好玩儿的。关于医生的事儿你没骗我吧？他说了些什么？"

"什么也没说。"

"是我的心脏出了毛病，我刚才就告诉你了。一个星期体重掉了二十八磅。本来很结实的肌肉都松软了。要我告诉你一个秘密吗？这位天不怕地不怕的帕金森有的时候却怕死。"

"你是谁？"奎里问。那人带着令人恼怒的冷淡神情转过脸去，闭上了眼睛。很快他就睡着了。

他们把他抬到岸上的时候他并没有醒过来。他们把他用雨布裹起来，就像抬着一个死人去下葬一样。六个人才抬得动他，弄得抬他的人彼此碍手碍脚，连步子都迈不开。在往岸上走的时候，一个人脚下一滑，摔倒了。幸亏奎里一把扶住才没有把帕金森摔下来。帕金森的头撞了他的胸膛一下，一股头油气味污染了夜间清新的空气。他从没抬过这么重的东西，当他们把帕金森抬上岸坡以后，他累得气喘吁吁、汗流浃背。他们朝着托马斯神父走去。托马斯神父站在那里，举着一盏防风灯。另一个非洲人把奎里接替下来，奎里和托马斯并排走在后面。托马斯神父说："你不该干这个——这么重，天气又这么热——像你这样年纪的人太不顾惜自己了。这个人是谁？"

"我不认识。一个陌生人。"

托马斯神父说："也许从不顾惜自己身体这一点就能判断你是怎样一个人。"院长的雪茄的亮光穿过黑暗向他们凑过来。"在这个地方是找不到那么多舍身为人的人的，"托马斯神父有些恼怒地接着说，"我们这些人考虑的不过是砖、砂浆和每月的账单，绝没有想到耶利哥的路上的撒马利亚人[1]。"

"我也一样。我不过帮了他们几分钟的忙。这没有什么。"

"我们本应该向你学习。"托马斯神父一边说一边搂住奎里胳膊的上部，就好像奎里是一个需要门徒搀扶的老人。

院长赶上他们。他说："我还没想好把他安置在什么地方。我们连一间空房都没有。"

"就让他住在我的屋里吧。我那地方够两个人住的。"托马斯神父说着捏了捏奎里的胳膊。他仿佛叫奎里知道："我至少从你身上学习了一些好品质，我和我那些兄弟并不一样。"

1　出自《路加福音》第十章。耶利哥是巴勒斯坦的一个古都，有一个犹太人从耶路撒冷到耶利哥去，落入强盗手中，最终只有一个撒马利亚人不记世仇救助了他。

第三章

1

科林面前摆着一张硬纸卡，纸卡上画着一个人体的轮廓。人体图是他自己画的，硬纸卡是他发现本国国内绝对不可能寄来后在省会吕克定做的。毛病就出在这种卡片价钱太低，凡是他向国内提出的购物单都要放于政府机关里的多层文件架上等待审核，有一些用品就像细沙子似的从文件架上筛了下去。部里的下层官员谁也没有权力批准六百法郎的开支，但是也没有谁有这样的勇气，敢于为他提出的这一笔琐屑的开销去和上级交涉。现在他每次使用这种卡片时，都为自己笨拙的图画生气。他用手指摸了摸一个病人的后背，在左肩胛骨下面发现一个新的硬块。他把这一病变在人体图上标明，接着又叫下一个病人。如果新医院已经建成、测试皮肤温度的仪器安装了起来，说不定他早已发现这一病灶了。"我干了什么倒没有什么要紧，"他想，"问题是我还要干什么。"对于科林医生来说，这句乐观的话语含有讽刺意味。

139

他刚到这个地方时，吕克住着一个开小铺的希腊老头儿，他已经快七十岁了，人人都知道这人寡言少语。几年以前他娶了一个年轻的非洲女人，那个女人既不会读书也不会写字。人们都很奇怪，这两个人怎么能在一起相处。希腊人年纪很老，不爱说话，而那个非洲女人又那么无知。有一天这个希腊人看见他铺子里的售货员在货栈里一些咖啡袋子后面正同自己的老婆谈情说爱。他当时什么也没说，但是第二天就到银行里把他的存款全部提了出来。他把大部分存款放在一只信封里，写上本地一个孤儿院的地址寄了出去（孤儿院里收容了很多父母都不要的混血儿）。他将剩下的钱带在身边，走到山上法院后面的一家出售旧汽车的店里。他买了一辆最便宜的汽车。汽车又老又破，可能因为这位经理同希腊人是同乡吧，商店的经理真有点儿不好意思卖给他。这辆汽车只能从山上推下来才能发动起火。但希腊老头儿说他不在乎，他一生中唯一梦想的就是能在死前开一次汽车——如果你愿意的话，也可以把这叫作他的奇思怪想吧。于是卖汽车的人教他怎样换挡、怎样踩油门，最后在汽车后面跑着推了一程，把汽车发动起来。老头儿开着汽车来到吕克的广场，他经营的商店就在广场上。他一到广场就拼命按喇叭，惹得行人都驻足观看——快七十岁的老头儿第一次学开汽车，真是奇观。在他经过自己的店铺时，他雇用的那个售货员也到门口来看热闹。老头儿开着汽车又绕着广场转了一圈儿——他不能把车停住，因为车在平地一停下来就发动不起来了。他再次转过来的时候，售货员正在店铺门口向他挥手打气。这时只见他把方向盘一扭，脚下一踩油门，汽车一下子从售货员的身上轧过去，闯进店铺里，直撞到收银机上才停住。希腊老头儿这时不慌不忙地下了汽车，对自己惹的这场祸连看也不看一眼，就走进自己的起居间，等着警察光临。售货员并没有死，但是两条腿都被轧断，骨盆也被挤碎，对于女人说来从此以后就是个废物了。没过多久，警察专员走了进来。专员是个年轻人，这是他遇到的第一个案件，希腊人在吕克的身份又比较高。"你干了什么事啦？"专员在走进起居间以后问道。"我干了什么倒没有什么要紧，"老头儿说，"问题是我还要干什么。"话一说完，他就从椅垫下面掏出一支手枪，对准自己脑袋开了一枪。从发生了这次事件以后，科林医生经常重复希腊老头儿措辞审慎的话，他好像很能从中获得安慰。

他继续喊下一个病人。这一天天气热得出奇，而且非常潮湿。病人不多，个个无精打采。人们从来也无法适应自己当地的气候，医生每次想到这件事都感到很惊奇。非洲人同欧洲人一样怕热，正像他过去认识的一个瑞典人非常不习惯北欧的漫漫寒夜，倒好像这个人是出生在温暖的南方似的。下一个来到医生面前的人躲着医生的目光，不看他的眼睛。他在病历上登记的名字是阿屯申[1]，但是他现在的心思肯定是在另外什么地方。

"又犯了那天夜里的那种病了吗？"医生问。

病人从医生的肩头望过去，好像他非常害怕的一个人正在从医生背后走过来。"是的。"他说。他的两只眼睛非常混浊，布

---

[1] "阿屯申"的英文"Attention"有注意的意思，所以作者有后面那句话。

满血丝。他的胸部凹陷，两个肩膀向前耸着，像是在把两页书折起来，不让人看见里面的什么东西。

"很快就会过去的，"医生说，"你要忍着一点儿。"

"我很害怕，"病人用当地的土话说，"夜里请你叫人把我的两手捆起来。"

"有那么严重吗？"

"是的，我担心我的孩子。他就睡在我旁边。"

服用D.D.S.治疗麻风病不是一个简单的疗法。服药后的反应有时是非常可怕的。如果只是神经疼痛，可以叫病人服用可的松；但也有些病人夜里神志混乱，出现癫狂的迹象。这个病人说："我害怕我会把自己的孩子掐死。"

医生说："这种现象会过去的。再过一夜，就不会犯了。记住，你一定要挺过来。你会看表吗？"

"我会。"

"我给你一个小座钟，能发光的，夜里你可以看。八点钟开始你就不舒服了；十一点你会觉得很难受。不要挣扎。我们要是把你的手绑起来，你反而会挣扎的。你只要看着钟就行了，但是这以后就开始好转了。三点的时候，你还会有一点儿难受，但同现在差不多。三点钟过后，就一点儿一点儿地好起来了——癫狂劲儿就慢慢过去了。你只要看着钟、记住我告诉你的话就成了。你愿不愿意这么做？"

"愿意。"

"天黑以前我把钟给你送去。"

"我的孩子……"

"别担心你的孩子。我会告诉修女们，叫她们在你夜里犯病的时候看着你的孩子。你只要看着钟就行了。你要是手脚乱动，疯劲儿也就跟着发作。五点钟的时候钟上的铃会响起来。那时候你就可以放心睡觉。你的疯劲儿也就过去了，再也不会犯了。"

他尽量想把自己的话说得能叫对方信服，但是他觉得炎热已使他的语调都模糊起来。当病人走后，他感到自己身体里好像有什么东西被拽出去，扔掉了。他对药剂师说："我今天不能再给人看病了。"

"只剩下六个病号了。"

"难道只有我一个人不该感觉天气的炎热？"话是这么说，在他离开诊所——这是人世大战场中一块小小的阵地——的时候，还是有一种逃兵似的羞愧感。

也许正是这种羞愧感把他的脚步引向另一个病人。在经过奎里的住房时，他看到后者正在绘图板上忙碌着。他继续往前走，来到托马斯神父的房间。托马斯神父这一天上午也放了自己的假——在这样炎热的天气里他的学校也同诊所一样不会有几个人来。帕金森坐在屋子里唯一的椅子上，只穿着一条睡裤，裤带系得松松的，像系在一个鸡蛋上。科林医生进来的时候，托马斯神父正在非常兴奋地谈着什么，他说的英文连医生都听得出发音非常奇怪。他听出"奎里"两个字。在屋里两张桌子中间几乎没有站人的地方。

"你看见了，"科林说，"帕金森先生，你并没有死。发点儿烧是死不了人的。"

"他说什么？"帕金森问托马斯神父，"你们说的话我一点儿也听不懂，真把我烦死了。到现在咱们彼此还语言不通，我真纳闷儿诺曼底人征服英国起了什么作用。"

"他到这儿来干什么，托马斯神父？你弄清楚了吗？"

"他在打听奎里的事，问了我一大堆问题。"

"为什么打听奎里？这跟他有什么关系？"

"他对我讲他到这儿来就是为了找奎里谈一谈。"

"那他最好还是乘原班船回去，因为奎里是不会谈什么的。"

"奎里，一点儿也不错，就是奎里，"帕金森说，"他想躲起来，未免太愚蠢了。只要碰到我蒙塔古·帕金森，任何人也甭想躲起来。'难道我不是每个人愿望的终点吗？'我在引证斯温伯恩[1]的诗句。"

"你对他讲什么了，神父？"

托马斯神父为自己辩解说："我说的只不过是证实一下莱克尔已经告诉他的那些事。"

"莱克尔告诉他了。这么一说他已经听了一脑袋的瞎话了。"

"迪欧·格拉蒂亚斯的事难道是瞎话吗？新建医院的事难道也是瞎话吗？我只是希望我能把他的事安排在一个正确背景上。"

"什么正确背景？"

"天主教的背景。"托马斯神父说。

1　阿尔杰农·查尔斯·斯温伯恩（1837—1909），英国诗人。

托马斯神父的桌上挂着耶稣钉在十字架上的受难像，十字架一边摆着一台雷明顿牌的手提式打字机。另一边墙上用皮带挂着一架禄莱福莱相机，像是陪伴耶稣钉死的第二个强盗。科林医生看了一眼桌上打好字的一页纸。他阅读英语要比说英语省力得多。纸上的标题是"大河畔的隐士"。科林医生用谴责的目光望着托马斯神父，"你知道他写的是什么吗？"

"他在写奎里的故事。"托马斯神父说。

"他真会胡扯。"

科林又看了看那张打着字的纸。"这是当地人起的名字，他们看到一个初到黑非洲内陆来的陌生人，就叫他'隐士'。"科林说。

"你是谁？[1]"

"帕金森，"那人回答说，"我已经告诉过你了。蒙塔古·帕金森。"他有些不高兴地又添加了一句："这个名字对你一点儿意义也没有吗？"

科林读了一下标题下面的字：

在河上行驶三周后才到达这一蛮荒地区。最后七天采采蝇和蚊虫把我折磨得不成样子，我被抬上岸时昏迷不醒。在斯坦利曾经用马克沁机枪打出一条血路的地方，现在又在进行着另一场战斗——这次是站在非洲人

---

1 原文为法语。

145

一方——为了扑灭麻风病的传播……从高烧中苏醒过来时，发现自己正躺在麻风病院里……

"这都是一些谎话。"科林对托马斯神父说。

"这个人在叨唠什么？"帕金森问道。

"他说你写的这些东西——不完全真实。"

"告诉他这比真实还要真实，"帕金森说，"我写的是近代史的一个篇章。难道你真相信恺撒大帝说的话'布鲁图斯，你也在内吗？[1]'这倒是他应该说的一句话；另外还有一位现场目击者——希罗多德[2]吧，不是，希罗多德大概是希腊人，那就是别的什么人，也许是苏埃托尼乌斯[3]吧，看到了需要的是什么。真实情况总是被人们遗忘。皮特[4]临死的时候要吃贝拉米牌的猪肉馅饼，可是历史学家把它篡改了。"帕金森的这种思想跳跃甚至连托马斯神父也跟不上。"我写的文章一定要像历史学家一样叫读者记住。至少要记住一个星期——从一个星期天到下一个星期天。下星期天的连载是'一个想埋葬往事的圣徒'。"

"他说的这些话你能听懂几个字，神父？"科林问道。

"懂得不多。"托马斯神父承认说。

1　恺撒大帝遇刺后对布鲁图斯说的一句话，见莎士比亚《裘力斯·恺撒》第三幕第一场。

2　希罗多德（约前485—约前425），古希腊历史学家，人们称其为"历史之父"。

3　苏埃托尼乌斯（69—122），古罗马传记作家。

4　威廉·皮特（1708—1778），英国政治家，曾任内阁首相。

"他到这儿来是为了给咱们找麻烦吗？"

"不，不是的。不是这么回事。看来他是一家报社派来报道英国殖民地什么动乱的。他来得太晚了，但是却赶上咱们省会这里出了麻烦，所以他就到这儿来了。"

"他连法文都不懂就来了？"

"他有一张到内罗毕的头等回程票。他告诉我雇用他的那家报社没有钱再派一位名记者到非洲来，所以给他拍来一封电报叫他到咱们这个地区来。他又来晚了。可是到了这里以后听人谈起奎里的事。他不管怎样也不能空着手回去。他到吕克以后，在总督府里偶然认识了莱克尔。"

"关于奎里过去的事他知道什么？连我们都……"

帕金森聚精会神地听着这两个人谈话，眼睛一会儿盯着这个，一会儿盯着另外一个。肯定偶然有一两个字他听出点儿意思来，于是他就迅速地、自作聪明地得出错误的结论。

"看起来英国报纸一定都有他们所谓的资料室，"托马斯神父说，"他只要拍个电报，报馆就会把所有发表过的有关奎里的报道整理成一篇简短资料给他寄来。"

"这简直像警察局在办案了。"

"啊，我相信他们找到的材料是不会有损奎里声名的。"

"你们两个人，"帕金森说，"谁都没听说过蒙塔古·帕金森吗？这个名字可值得记一下。"很难说他是否在嘲讽自己。

托马斯神父回答他说："说老实话，在你来以前……"

"我的名字是写在水上的。这是雪莱的名句。"帕金森说。

"奎里知道是怎么回事了吗？"科林问托马斯神父。

"还不知道。"

"他在这里刚刚感到愉快一些。"

"你别那么快下结论，"托马斯神父说，"你要看到事物的另一面。我们的麻风病院可能从此就出了名——像施威采尔的医院一样有名，而英国人，听人说，是个很慷慨的民族。"

也许施威采尔这个名字叫帕金森懂得了托马斯神父的意思。他立刻插口说："我写的文章在美国、法国、德国、日本和南美等地同时发稿，没有哪个活着的新闻记者……"

"到现在为止，我们没做宣传也撑下来了，神父。"科林说。

"只有宣传才能引起人们的注意。我们罗马有一所学校就是专门教授如何搞宣传的。"

"也许罗马比非洲中部更适宜于搞这个，神父。"

"名声可能是对美德的考验。就我个人来说，我深信奎里……"

"我对捕猎从来就不感兴趣，神父，特别是捕猎一个活人。"

"你太夸大其词了，医生。帕金森做的事可能对我们很有好处。你当然知道你们资金一直短缺。教会没有力量给你们提供。国家也不愿多拿钱。你需要多多考虑一下病人。"

"也许奎里也应该算个病人吧。"科林说。

"这是胡说。我说的是那些麻风病人——你不是一直梦想，如果搞得到资金的话，准备给病愈的患者开办一所学校吗？给那些因麻风杆菌'燃尽'而致残的可怜的病人。"

"奎里可能也是个'燃尽'致残的患者。"医生说。他看了一眼椅子上那个胖子。"如今叫他到哪儿去找医治他那种疾病的地方呢？叫一个心身残缺的人站在舞台的照明灯前头可不是件好事。"

天气郁热，两个人又都在生对方的气，因此谁都没有注意有人走进来。只有帕金森一个人发觉他们正在谈论的这个人已经迈步走进托马斯神父的房门。

"你好，奎里，"帕金森说，"我在船上看见你的时候没有认出你来。"

"我也没有认出你。"奎里说。

"感谢上帝，"帕金森说，"你并没有像这里的暴乱似的也成为过去。我至少还赶上一件值得报道的事。咱们得好好谈谈，你我两个人。"

2

"这就是新盖的医院？"帕金森说，"对于这些事我当然是个外行，但是我觉得这里看不到什么独特的风格……"他俯身到图纸上，带着明显的挑衅的口气说："这张图纸使我想到咱们新修建的哪个卫星城市里的一座建筑物。也许就是海梅尔·罕普斯台德城，要不然就是斯蒂文埃治城。"

"这算不得建筑，"奎里说，"这只是一种廉价房屋。越省钱越好，只要盖起来能禁得住风吹雨淋、能够抗御炎热潮湿就成了。"

"盖这种房子需要像你这样的人吗？"

"需要我。他们这里没有建筑师。"

"你要待在这地方，一直等到房子完工吗？"

"我待的时间比你说的还要长。"

"这么一说，莱克尔告诉我的至少有一部分是真的了。"

"我怀疑莱克尔说的话有哪句是真的。"

"你要是想在这里隐居，必须首先做个圣徒，对不对？"

"不对，我不是什么圣徒。"

"那你是怎样一个人？你的动机是什么？关于你的事我已经知道许多了。我已经把你的情况打听出来了。"帕金森说。他肥大的身躯往床上一坐，像告诉对方什么秘密似的说道："你对于世人没有什么感情，对不对？当然了，女人除外。"他的语调像是在极力引诱对方堕落。帕金森确实是这样一个人，他自己的身体里充满了道德败坏，一直泛到皮肤的表层，好像毛孔里闪着磷光，一眼就能看到。在他那座大肉山似的身躯里，因为缺少新鲜空气，道德感早已腐烂、死亡了。一个传教士对人们身上存在着的缺点是不会震惊的，他最多只是感到难过或者失望，但帕金森却欢迎别人道德堕落。除了支票的数目太小，任何东西都不会叫他难过或失望。

"你听见刚才医生说什么来着——一个'燃尽'致残的病人。所谓'燃尽'，就是说有些麻风病人已经失去了所有能被细菌侵蚀的肌肉，因而病也就算好了。"

"谁都看得出来，你的肢体一点儿也没有残缺。"帕金森一边说一边仔细打量着奎里放在绘图板上的手指。

"我已经走到尽头了。这个地方就可以叫作旅途终点。陆路也好，水路也好，都不再通往别处去了。你也是偶然来到此地的，不是吗？"

"啊，我可不是。我到这里来是有目的的。"

"在船上的时候我有些怕你，现在不怕了。"

"我不懂你为什么要怕我。我同别人没有什么两样。"

"对的，"奎里说，"你和我是同一类的人。有自己天职的人同一般人不一样，这些人会失掉更多的东西。在我们背后总有一个这样或那样的神父在监督着我们。你应该承认，自己也曾经有过天职，如果写文章也可以算作一种天职的话。"

"算不算天职无关紧要。大多数新闻记者都是这样开始了自己的事业。"帕金森在床上移动了一下自己像沉重的大口袋似的屁股，床凹陷了一个大坑。

"也这样结束了自己的事业？"

"你这是什么意思？在故意贬低我吗？你是贬不倒我的声名的。"

"我贬低你干什么？我们俩是一类人。我以一个建筑大师开始，以一个盖房子的工匠结束。这一过程并没有给我什么乐趣。你对自己走上最后一个阶段感到快乐吗，帕金森？"他看了看自己从托马斯神父屋里带来的那张打着字的稿纸。

"这是我的职业。"

"当然是。"

"我靠这个谋生。我至少在享受生活的乐趣。"

"啊，不错。享受感官给你的各种乐趣。喜欢吃东西，帕金森？"

"不能过量。"他撩起蚊帐奔拉下来的一角擦了擦脑门儿上的汗，"我体重二百五十二磅。"

"喜欢女人，帕金森？"

"我不明白你为什么要问我这些问题。我到这儿来是要采访你。我有时候当然需要个女人，但每个人在他一生中早晚都会有一天……"

"你比我年轻。"

"我的心脏不那么好。"

"你真同我一样，也到了尽头了，帕金森。所以咱们俩才在这里相会。咱们是两个'燃尽'致残的病例。世界上像咱们这样的人一定还有许多许多。应该制定出一个行帮的暗号，叫咱们一见面就能够认出来彼此。"

"我可不是这种病人。我有自己的工作。最大的联合通讯社……"他似乎下定了决心想要证明自己有别于奎里。他像一个病人似的把自己的身体交给医生检查，想要证明自己的皮肤既没有硬块，也没有小瘤，他没有任何病征可以被诊断为麻风病人。

"早晚都会有一天，"奎里说，"不再写你写的那种关于斯坦利的神话。"

"我只不过在地理上犯了个小错儿，这不算什么。有时候得夸大一些。这是他们给《邮报》记者上的第一课——记者写的每一个故事都必须有耸动性。小地方是不会有人注意的。"

"你报道我能不能报道真实情况？"

"你不知道有所谓诽谤罪吗？"

"我绝对不会以诽谤罪控告你。这一点请你放心。"奎里大声读了连载预告的题目："《一个埋葬掉往事的圣徒》。我算得上哪门子圣徒！"

"你怎么知道莱克尔对你的看法就一点儿对的地方也没有？我们谁也不了解自己。"

"如果我们想把自己的病治好的话，就必须了解自己。当疾病到了最严重的阶段，我们是绝不会弄错的。当手指和脚趾都烂掉了，当皮肤切片检查都是阴性的，我们对别人就没有什么危险了。如果我把真实情况告诉你，你肯不肯如实写下来，帕金森？我知道你不会写的。你身上的病菌并没有发尽。你还有传染性。"

帕金森用浮肿的眼睛望着奎里。他像是一个受到严刑拷问的犯人，只好招认了。"如果我这样做，他们会把我解雇的，"他说，"一个人在年轻的时候要冒点儿风险并不难。当想到我距离天国还那么远，等等。这是埃德加·爱伦·坡的话。"

"爱伦·坡没有讲过这样的话。"

"这些小事是不会有人注意的。"

"你认为我埋葬了什么样的过去呢？"

"譬如说，关于安妮·莫雷尔的案子，有这回事吧？连英国报纸也登了。不管怎么说，你有一个英国籍的母亲。当时你刚刚修建完布鲁日的现代式样的大教堂。"

"不是在布鲁日。关于莫雷尔的事他们是怎么说的？"

"他们说她因为爱你而自杀了。年纪才十八岁。为了爱一个四十岁的人。"

"这是十五年以前的事了。报纸有这么长的记忆吗？"

"没有。但是资料储存室在这方面帮了我们的忙。我要用我的最好的星期日报道文章风格描写一下你是怎么到这里来忏悔赎罪的……"

"你们这种报纸总要在一些小地方把事实弄错。那个女人的名字是玛丽，而不是安妮。年纪是二十五岁，而不是十八岁。她也不是因为爱我而自杀的。她想要逃开我。就是这么一回事。所以你看，我没有什么要赎罪的。"

"她想要逃开她所爱的人？"

"一点儿也不错。女人每天晚上同一个效能极高的工具同床共枕一定是一件很可怕的事。我从来没有让她失望过。她有好几次想离开我，但每次我都把她弄回来了。你知道，如果叫一个女人把我甩掉，这伤害了我的自尊心。要是不能在一起生活下去，首先离开的总是我。"

"你是怎么把她弄回来的？"

"我们这些人既然从事一种艺术，对另外一种一般也就不会是个门外汉。画家可以搞创作，诗人可以作曲。在那些日子里我凑巧是一个业余演员。这样我有一次就利用了眼泪，另一次多服

154

了一些耐波他，但我准知道那剂量绝无危险。后来我又同另外一个女人谈恋爱，叫她知道如果她离开我，她将失掉什么。我甚至叫她相信，没有她我就不能再工作了。我给了她一种印象：如果我没有她的支持，我就不再有信仰了——她是个虔诚的天主教徒，甚至和我同床共枕时也是这样的。当然了，早在若干年前我思想上已经不再有信仰了，但是她从来没有察觉这一点。我自然和许多人一样，还保留着一点点儿信仰，譬如说在几个重大的节日里，在圣诞节和复活节这些日子，儿时的记忆就会引起我们这些人一种虔诚感。她总把这种感情误认为对上帝的爱。"

"不管怎么说，你到这里来，置身于一群麻风病患者中间，总有某种原因的。"

"不是为了赎罪，帕金森先生。在玛丽·莫雷尔之后我还认识了许多女人，正像在她之前也有许多女人一样。大约有十年之久我多多少少一直相信我自己的感情——'我最最亲爱的''一切属于你[1]'以及这一类的话。一个人总是想尽量不要重复这些陈词滥调，但是这种表示亲爱的称呼实在数目不多。最能使女人动情的还是那些最常用的词语。我认识到自己根本没有爱情只不过是个时间问题。我从来没有真正爱过人。我只是接受别人的爱。从这以后我对生活就开始感到无法忍受的厌腻。因为，既然在对女人的爱情上我欺骗了自己，在工作上我又何尝不是自欺欺人呢。"

---

1 原文为法语。

"从来没有人怀疑过你的声誉。"

"将来会有人怀疑的。布鲁塞尔的一条偏僻的街道上，现在正有一个小孩儿坐在绘图板前，将来他会把我的神话拆穿的。我希望我能看到有一天他将建筑起的教堂……不，我不会看到的，不然我也就不会在这儿了。他不会成为一个不合格的教士，他会成为见习修士的。"

"我不知道你在说什么，奎里。有时候你谈话同莱克尔一样。"

"是吗？说不定他也有我们这一行帮的暗号吧……"

"如果你对什么都感到厌烦，为什么不在舒适生活里去厌烦呢？在布鲁塞尔买一套房屋，或者在卡普里买一栋别墅。不管怎么说，你是个有钱的人啊，奎里。"

"在舒适生活中厌烦更令人不能忍受。我想这个地方也许有足够的痛苦、足够的恐惧能分散……"他看了看帕金森，"如果说有谁能理解我，我想你肯定能的。"

"我一点儿也不理解。"

"难道我就是那么一个怪物，甚至连你也……"

"那么你的工作呢，奎里？不管你说什么，你对自己的工作总不会感到厌烦吧？你曾经获得那么大的成功。"

"你指的是金钱？我不是告诉过你，我设计的建筑并不怎么好吗？我设计的那些教堂有哪座比得上沙特尔大教堂呢？那些教堂当然都是我的建筑风格——谁也不会把奎里的建筑物当成是柯布西耶[1]的，但是建筑沙特尔大教堂的是什么人，我们有谁知道？别人知道不知道，他并不在乎。他建筑时怀着的是爱而不是虚荣和自负——可能还怀着信仰，我想。建筑教堂而并不信仰上帝，这似乎有些亵渎，是不是？当我发现我正是这样做的时候，我就接受另外一项建筑任务——建造一座市政礼堂。可是我对政治也没有信仰啊！我在那个可怜的城市广场上修了一座大建筑物，我想你从来也没有见过这样奇形怪状的大盒子。你知道我只不过发现自己的毛衣松了一根线——我揪啊揪的，竟把整件毛衣都扯散了。人们说，你要是不爱世人就不能相信上帝，也不可能不相信上帝而爱世人。也许这句话是有道理的。人们爱说'做爱'，是不是？但是请问，我们谁有这么大的创造力可以'做出爱情'呢？我们只能接受别人的爱——如果走运的话。"

"你为什么要跟我说这个，奎里先生——即使你说的都是实话？"

"因为你至少是个不在乎别人讲实话的人，尽管你多半不会把它写出来。也许——谁知道呢？——我能说服你打消这个念头：不去报道莱克尔先生讲的那些有关我的事，不去报道他的一派虔诚的胡言乱语。我并不是什么施韦泽[2]。我的上帝，他差点儿想让我勾引他的老婆，我要是真的这样做了，倒可以让他改变一下他的调子。"

1　勒·柯布西耶（1887—1965），瑞士籍法国建筑师。
2　阿尔贝特·施韦泽（1875—1965），德国神学家、哲学家、社会活动家，赤道非洲传教医师，获1952年诺贝尔和平奖。

"你真的会那样做吗？"

"如果叫我做这件事的是经验而不是虚荣心，那可太可怕了。"

帕金森做了个躬身施礼的姿势。他说："让我周围的人都是一些大胖子吧。这是莎士比亚的话。这回我不会弄错的。讲到我自己，我可不知道该怎样下手。"

"先从你那些《邮报》的热心读者中间下手吧。你在她们中间很有名气，名气就是一服效果非常强的春药。最容易上手的是结了婚的女人，帕金森。少女怕担风险，但结了婚的女人却已经找到了不冒风险的办法。丈夫在办公室上班，孩子们在托儿所，她在包里放着避孕套。她说她二十岁就结了婚，现在已准备好在三十岁来临前来一场有期限的旅行。如果她的丈夫恰好也很年轻，你也不用担心，因为她很可能已经受够了他的年轻。同你我这样年纪的人交朋友，保准不会发生争风吃醋的场面。"

"你说的这些同爱情没有什么关系，对不对？你刚才说别人爱过你。如果我没记错的话，你说你不喜欢这样——也许我记错了。你知道得很清楚，我只不过是个倒霉的新闻记者。"

"爱情常常产生于感激，只要有感激的心情，很快就会发生爱情。就是最漂亮的女人对于像我这样上了年纪的人也会感激，如果这种交往给她生活增加了一些乐趣的话。一朵小花骨朵儿要是在一张床上睡上十年就会打蔫了。但是现在它又开放了，她的丈夫注意到她娇艳的面容，她的孩子不再使她烦躁厌恶，她像刚结婚那些日子似的对家务事又有了兴趣。她向几位亲密的朋友透露了她的小小的秘密，因为做一个有名人物的情妇抬高了她的身价。这件事不冒什么风险，而是一段罗曼史。"

"你真是个厚脸皮的坏蛋。"帕金森带着深深的敬意说，就好像对方是《邮报》的经理似的。

"为什么不写这个，而偏要写你计划中的那些虔诚的胡说八道？"

"这不能写。我们的报纸是供家庭阅读的。当然了，我用'过去'这个词是有某种含意的。但它意味着抛弃了过去的蠢行，而不是抛弃从前的美德。莫雷尔小姐的事我会提一提——非常含蓄地提一下。此外还有一个人，一个叫格里森的，对不对？"

奎里没有回答他的话。

"没必要否认，"帕金森说，"格里森储存在报纸的资料室里，就像太平间里停放的干尸一样。[1]"

"不错，我想起这个人来了。这件事还是忘掉的好，因为我不喜欢闹剧。格里森是邮政局的一名高级职员。在我甩掉了他的妻子之后他提出来要和我决斗。那种演戏般的现代化的决斗——双方谁也不把手枪向对方瞄准。我本来想破坏这种规程，对着他的胳臂打上一枪，可我又怕他的妻子误认为我对她真有了感情。格里森这个可怜的家伙，在我同他的妻子鬼混时，他倒过得心安理得，可后来我离开了她，她在公众场合就一直让他当众出丑、下不了台……她一点儿也不可怜自己的丈夫，还不如我呢。"

---

1 在英语中报社的"资料室"（morgue）一词也可作"太平间"解。

"真奇怪，你怎么会把这些事都坦白告诉了我，"帕金森说，"一般说来，人们同我谈话都非常谨慎。只有一次例外，我记得那是一个杀人犯——他同你一样，把什么秘密都告诉我了。"

"也许这是杀人犯的特点——爱和人唠叨。"

"他们没有判处这个家伙绞刑。我假装他的兄弟，每个月去探望他两次。虽然如此，你的态度还是叫我无法解释。我第一次见到你的时候，看你不像是一个爱说话的人。"

"我一直在等着你呢，帕金森，或者说等着一个像你这样的人。但这不等于说，我就一点儿也不怕你。"

"是吗？你为什么要怕我？"

"你是我的一面镜子。我可以对着一面镜子讲话，但一个人也有一点儿害怕自己。镜子照出来的是一个人的面影，一点儿也不走样。如果我同托马斯神父像我同你这样谈话，他就要把我的话都歪曲了。"

"感谢你这样抬举我。"

"抬举你？我非常讨厌你，就像讨厌我自己一样。你刚到这儿来的时候，帕金森，我差不多可以说是很幸福的，我现在同你做了一番长谈，只是为了不让你再找什么借口继续待在这里。你不需要听我谈对格罗皮乌斯[1]的意见，是不是？你的读者根本不知道格罗皮乌斯是谁。"

1　瓦尔特·格罗皮乌斯（1883—1969），德国著名建筑师，包豪斯学校创始人，1937年移居美国。

"随便你怎么说，我这里还是记下几个问题，"帕金森说，"既然咱们已经扫清了道路，我想我们不妨谈谈这些问题。"

"我的意见是，你对我的访问已经结束了。"

帕金森坐在床上，先是向前探着身子，这时又往后一倒，样子活像一个中国不倒翁。他说："你是不是认为，爱上帝和爱人类是你工作的动力，奎里？你对于基督教的前途有什么看法？你决定献身为麻风病患者谋福利，是不是受了山上宝训[1]的影响？你最崇拜的是哪个圣徒？你相信不相信祈祷？"他呵呵地笑起来，肥胖的大肚皮像海豚一样抖动着，"现在还有没有奇迹发生？你去拜访过法蒂玛吗？"

他从床上跳了下来。"其他的胡说八道我就不说了，你听听这一段：'在黑非洲的腹地，当代一位最伟大的建筑师、曾经名噪一时的天主教徒向《邮报》记者暴露了自己的全部隐秘。蒙塔古·帕金森上个月曾赴韩国做现场采访，今天又来到非洲。在下一期连载文章中他将向读者报道，对过去的忏悔如何成为奎里今天行动的力量。奎里决心献身于麻风病患者，为自己青年时代的轻浮赎罪。圣弗朗西斯教堂是翡冷翠——对你我来说，是佛罗伦萨——的五光十色的古城中最绚丽的花朵。'"

帕金森走到户外，置身于刚果的强烈的阳光中，但是他觉得自己的话还没有说尽。他又回到屋里，把脸贴近蚊帐，吐沫飞溅地说道："'下星期日连载报道：一个为爱而死的少女'。我也

---

1 据《圣经·马太福音》记载，耶稣在加利利传教时曾登山讲道，下山后又为麻风病人治病。

不喜欢你，奎里，正如你不喜欢我一样。但是我还是要把你捧起来。我要把你捧得高高的，叫他们在河边给你建造一座雕像。当然，他们的雕塑风格糟不可言，这你是知道的，但是你躲不掉，因为到那时候你将不在人世了，人们早已把你埋葬了——你的雕像会是一个跪着的姿势，围绕着你的是你那些该死的麻风病人。你正在教给他们如何向你自己并不相信的上帝做祷告。鸟儿把粪便拉在你雕像的头上。我不在乎你是否成为一尊偶像，奎里，但我要让你看到，你是不能利用我来减轻良心对你的苛责的。我一点儿也不惊奇：二十年之后，没有朝圣者来到你的宝座前面。历史就是这样写成的。'归宿是坟墓。'这是维吉尔的名言。"

奎里从自己衣服口袋里拿出一封毫无意义的信来，那上面的亲昵称呼可能是真心实意的。帕金森并没有提到写这封信的女人，《邮报》的"太平间"无论如何还停放不下所有的尸体。刚才同帕金森的一场谈话使他思潮起伏，他就在这种心绪中又读了一遍手中这封信。"你还记得吗？"她是那种绝不承认感情枯竭后对过去经历的记忆也要随之死亡的女人。奎里必须相信她的回忆都是真的，因为她从来都不说谎。她使他想到的是：在宴会结束，杯盘狼藉的桌子上，一个客人蛮有把握地认出自己遗失的一盒火柴。

奎里走到床前躺下来。脖子一挨枕头便满是汗水，但他还是决定这一天中午不去餐厅吃午饭，免得和那些神父谈话应酬。他想：我在这儿只有一件事好做，这件事也使我有了充分的理由待在这里。我可以向你发誓：玛丽，**一切属于你，只属于你一个人**，不论出于厌烦或虚荣，我都永远不会再把另一个人牵入我的没有爱情的存在里。因为避免传染，一个麻风病患者多年被隔离起来，最后当他获得自由时一定非常快乐。我现在感到的就是这样一个重获自由的麻风病人的快乐，他想，他再也不会伤害别人了。他有好几年没有想到玛丽·莫雷尔了，现在他却记起了自己第一次听到她名字时的情景。喊玛丽名字的是一个学建筑的年轻学生。奎里当时正帮助这个学生学习。有一次他们在布鲁日待了一天，晚上回到了霓虹灯照耀下的布鲁塞尔，在北站外面偶然碰到了这个女孩子。当他看到在路灯照耀下这个少女容光焕发的面庞时，他对自己身边那个平凡、粗鲁的年轻大学生不禁有些醋意。有谁看见过男人对一个女人微笑会像女人对她倾心的男人那样笑得满面生辉？在汽车站，在火车车厢里，在一家连锁店里买杂货的时候，他们邂逅，她从心坎里发出的快乐的笑容，那么自然，一点儿也不做作，一点儿也没有顾虑。当然了，反过来男人见到他所爱的女人也可能是同一情况。男人从不会像妓院会客间里的妓女那样假情假意地笑。但是妓院里的女郎，奎里想，是在模仿真挚的微笑，而男人却没有什么可模仿的。

　　不久以后他就不需要嫉妒那天晚上的同伴了。甚至在最初的那些日子他已学会了如何转变一个女人的爱情的方向了。一个女人？不，她当时比那个他如今已记不起姓名的大学生——很难听的一个姓，是霍格吗？——还要年轻。这个大学生可不像玛丽·莫雷尔似的，他如今多半还健康地活着，大概正在某个市郊给资产阶级建筑别墅，建筑可以居住的"机器"呢。奎里躺在床上大声说："我太对不起你了。我真的不相信我是在伤害你，我真的认为我的行动是完全出于爱的。"在人的一生中常常有一段时间，只要他有一点儿演戏的才能，就会连他自己也欺骗过去。

第五部

第一章

　　人们迁来徙去的习惯是非洲的一个特征，似乎这块没有开发的空旷的大陆、辽阔的天地鼓励这种流动似的，好像涨潮时潮水把一些漂浮物带到岸边，退潮时又把它们冲走，带到其他什么地方去了。没有一个人料到帕金森的到来，他事先没有和任何人打招呼一下子就来到这里，几天以后，他又带着禄莱福莱相机和雷明顿牌打字机登上了开往其他什么地方的奥特拉柯公司的小轮船离去了。两个星期后，一艘摩托艇在黄昏时分逆流驶来，一位年轻的官员下了船，他和神父们玩了一局猜赌的骰子戏，临上床之前喝了一大杯威士忌，第二天早上没有吃早饭就走了。他重又消失在灰蒙蒙的天际和绿茵茵的森林之中，只留下一本《建筑评论》，倒好像这是他此次航行的唯一目的似的。在这本杂志上除了有几篇批评新干线工程的文章外，还登了英国某个殖民地新落成的一座形状丑陋的教堂的几张照片。可能那个年轻人觉得这些照片对奎里会起警告的作用。又是几个星期平平淡淡地过去了——有几个病人死于肺结核，新医院的地基又加高了几尺——之后从奥特拉柯公司的小轮船上走下来两名警察，他们来打探一个某个省会通缉的救世军头头儿的事。据说他劝说邻近部落的村民把毛毯卖给他，因为毯子在死者复活的时候披着太重，之后他又让村民们把卖毯子的钱交给他，他可以替他们把钱存在一个安全可靠的地方，免得被贼偷走。作为回报，他给村民们发了执照，保证他们不会被天主教或是新教的传教士绑架走。按照他的说法，这些传教士借助妖术把人装进密封的货车厢内，成批地向欧洲出口尸体，那些尸体一到了欧洲就变成贴着"美味非洲金枪鱼"标签的罐头了。警察在病院里一无所获，两个小时之后他们搭乘原来的船离去了。他们乘坐的小轮船随着长满了风信子的小岛以同一速度、向同一方向漂浮去了，仿佛这艘船同漂浮的小岛都是大自然的一部分似的。

帕金森逐渐在奎里的记忆中淡漠了。外部世界闯入了这里，搅扰了一番又离去了，一种宁静重又降临。莱克尔没来打扰他，遥远的欧洲报刊上即使刊登了什么文章，余波也没有影响到奎里。甚至托马斯神父有一段时间也不在麻风病院，他到丛林里的一所神学院去为一个即将成立的新班级物色一位教师。奎里的双脚对从他住所通往病院的红土路渐渐熟悉了：傍晚，一天中的酷暑过去后，红土闪着荧光，像是一朵夜间怒放的花朵，泛着玫瑰紫和红艳艳的颜色。

神父对别人的私生活漠不关心。一个男人在被治愈后离开了医院，他的妻子搬进了另一个男人的小屋，神父们对此不会发表一点儿异议。一个肢体残缺的传道士，失去了整个鼻子，手指和脚趾也全烂掉了（样子看上去就像被一把刀子连砍带剔地修整过一番），竟和一个女人生了一个孩子。那个女人是小儿麻痹症患者，只能拖着萎缩的双腿在地上爬。这个人把孩子抱到教堂来为孩子做洗礼，孩子在那里被起名叫伊曼纽尔——丝毫没有责难与训诫。神父们事情多得没有工夫去关心教会视为罪恶的事务（"道德伦理"是他们最少关心的主题）。假如托马斯神父在场，他可能出于本能间接地表示出自己的不满，可他这时已经走了，不能用他的顾忌和焦虑搞得病院上下不安了。

医生这个人让人不太容易理解。他和神父们不一样：神父们用对上帝的信仰来支持自己进行艰辛的工作，他却没有信仰。有一次，在奎里评论他的生活时——这是在奎里看到了一个可怜的、肮脏的病人时触景生情想到的问题——医生抬起头来看了他一眼，他的眼神与刚才查看病人时的一样。他说："也许我现在给你做皮肤检查会得到第二次阴性反应。"

"你这话怎么讲？"

"你又一次显示出你对别人的好奇心。"

"谁是第一个使我感到好奇的呢？"奎里问。

"迪欧·格拉蒂亚斯。你知道，就职业来讲我要比你幸运得多。"

奎里低头望了望那长长的一排破垫子，垫子上七扭八歪地蜷缩着包扎着绷带的病人。空气中散发着一股腐烂肉体发出的甜丝丝的气味。"幸运？"他说。

"只有非常坚强的人才能长期忍受一种需要独自探索的、孤独的职业。我认为你不够坚强。我承认我忍受不了你的这种生活。"

"为什么一个人要选择你这类职业？"奎里问。

"他是被选中的。哦，我不是指被上帝选中，他是被偶然性选中的。有一个丹麦医生，现在这个人仍然出诊，他在晚年成了一名麻风病专家，完全出于偶然。他在挖掘一个墓地的时候发现了一些缺少手指的骨架——那是一个十四世纪麻风病人的墓地。他给那些骨架做了X光检查，结果在鼻骨区域有了一些新发现，对我们来说是非常新奇的——你知道大多数人是没什么机会研究死人骨骼的。从此之后他成为一名麻风病学者。只要在国际性麻风病的学术会上你都会遇见他，他总是把他的人头骨放在一只短途旅行袋里随身带着。那只旅行袋已经不知经过多少海关检查员的手。他们看见那个骷髅肯定会大吃一惊，但是我相信他们不会为此而向他索要海关税。"

"那你呢，科林医生？你的偶然性又是什么？"

"只是出于我的性格，这也可以叫作一种偶然性吧。"医生闪烁其词地回答。他们一同走到室外污浊、潮湿的空气中。"哦，别误解我。我和达米恩不一样，我不想死。我们现在既然有办法治愈麻风病，这种自己追求死亡的职业就要减少了，但过去是有很多人抱着自我牺牲的精神干这种事的。"他们穿过道路走向诊所的阴影，一些病人正坐在台阶上等候接受治疗。医生在被阳光烤得火热的红土路中心站了一会儿，说："麻风病医生中间自杀的比例曾经相当高——我想是因为他们不愿等下去，他们知道早晚有一天他们自己的皮肤检验会是阳性反应。那都是些稀奇古怪的自杀方式，这也是因为他们从事的就是一种古怪的职业。我就认识一个人，他往自己身上注射了一针蛇毒，另外还有一个人往家具、衣服和自己身上浇了很多汽油，之后点了一把火，活活把自己烧死了。你会注意到这两个例子中有一个共同点，那就是他们一定要使自己受一些没必要非受不可的痛苦。这也可以说是一种天职。"

"我不明白你的意思。"

"一个人不是宁愿忍受痛苦也不愿意感到不舒适吗？不舒适就像蚊子叮人一样激怒我们。我们越感到不舒适就越意识到自我的存在，可是痛苦却完全是另一回事。有的时候我觉得自寻一些痛苦、记住自己在受痛苦折磨，这是我们使自己和整个人类相通的唯一方法。只有痛苦能使我们成为基督教之谜的一部分。"

"这么说我得请你教会我怎么才能受苦，"奎里说，"我只知道蚊子叮人。"

"假如我们再在这里站一会儿，你就会饱尝痛苦了。"科林医生边说边拉着奎里离开路中央走进阴影，"今天我让你看几个很有意思的眼疾病例。"他坐在外科手术台前，奎里拉过一把椅子坐在他身旁。除了在圣诞节孩子们戴的代表贪婪或是老态龙钟的假面具上，他还从没有看见过这么血红的眼睛。"你只需要有点儿耐心，"科林医生说，"找些痛苦并不困难。"奎里恍惚记得几个月前好像也有一个人说过类似的话，但因为怎么也想不起这个人到底是谁，他有些气恼。

"你是不是对受苦这种事已经说滑了嘴？"他问，"上个星期死的那个女人……"

"不要为那些死时受了些罪的人过分伤心。他们受的那些罪恰恰可以使他们决心离开这个世界。设想一下，正当你年富力壮、朝气勃勃的时候听到死刑的宣判会有什么想法！"科林医生转过身去用当地语言和一个患眼肌麻痹症的老太太说起话来，那个老太太的眼皮一眨都不会眨。

那天和神父们一起吃完晚饭后，奎里慢慢向医生的住处走去。病人们都坐在他们小屋外乘凉。一个人摆了一个小摊儿卖毛毛虫，五个法郎一把，那些毛毛虫都是他从森林里捉来的。隔着一两条街一个人在唱歌，围着一堆篝火，奎里看见一群人在跳舞，迪欧·格拉蒂亚斯在他们中间，他正蹲在地上用他那双像鼓槌似的拳头在一只旧汽油桶上敲着鼓点儿。甚至那些因为打架耳朵被撕烂的狗都一动不动地蜷伏在地上，像是墓石上的雕像。一个祖裸着上身的年轻女人在一条通往森林的小路上等着什么人。月光下她脸上那些麻风痕迹似乎消失了，皮肤上的疤痕也不见了。她完全变得和任何一个等待着自己恋人的年轻姑娘一样美。

他觉得，那次对那个英国人发泄了一通以后，郁积在自己体内的那种持久不散的毒素似乎都已排泄出去了。自从那天晚上他最后修改完设计蓝图的初稿（可能这是最使他满意的设计图）之后，他记不起有哪个夜晚能和这个夜晚一样心情平静。那些建筑物的主人后来当然把他设计的那些建筑都毁掉了，正像他们要毁掉一切事物一样。没有一座建筑物能逃避掉马上就要把它填塞满的家具、绘画和人。但是在最初的日子里总存在着这样一种宁静，在圆满做完一件事以后[1]，痛苦过去了，宁静像假死一样降临到你身上。

在他喝完第二杯威士忌之后，他开口对医生说："当皮肤检验呈现阴性反应后，是不是就不会再出现反复了？"

"不尽如此。把一个病人就这样放回到社会上还略嫌早些，要连续六个月一直呈现阴性反应才行。即使用我们现在使用的药物，也还有反复的可能性。"

"是不是他们有时会觉得不习惯回到社会上去？"

"常常这样。你知道，他们已经变得离不开他们的小屋和这块地方了。当然，对那些'燃尽'致残的病人来说，在外部生活也不是一件容易事。他们无法掩盖他们患过麻风病的烙印。人们总是怀着偏见，认为一旦染上麻风病，就永远是麻风病患者了。"

"我开始觉得你的职业比较容易理解了。尽管如此——那些神父认为自己身后有基督教真理在支持着他们，这对他们在这里工作是个很大的帮助。你、我没有这种精神支柱。仅仅你口头上读的那一点儿基督教神话对你够用吗？"

"我愿意自己处在进化的过程中，"医生说，"假如我生出来是一个会思考的阿米巴虫，那我就要梦想着进化成灵长目的那

1　原文为拉丁语。

一天。而且为了那一天的到来，我要贡献自己的一切。进化，就我所知，已经最终地印记到人类的头脑中了。蚂蚁、鱼，甚至人猿都已经没有什么继续进化的余地了，但是在我们的头脑中进化仍在进行——我的上帝——而且是以那么快的速度前进！我记不清从恐龙进化到灵长目中间过去了几亿年，但是在我们活在这个世上的短短几十年内我们就已经看到了从柴油发动机发展到喷气式发动机，看到了原子的分裂，看到了麻风病的有效治疗。"

"变化真像你说得那么好吗？"

"这由不得我们。我们不过随着进化的九级风浪漂泊。甚至基督教神话也是这风浪的一部分，天知道，也许它却是最有价值的那部分。假定爱在我们头脑中也像技术发展得那么快，世界该会是什么样子？不多的几个例子中确实是这样的，譬如在那些圣徒身上……在耶稣基督身上，如果世上真有过这个人的话。"

"你真的能用这些思想安慰自己吗？"奎里问，"听上去就像是一首古老的进步歌曲。"

"十九世纪并不像我们想象中的那么坏。只是因为我们耳闻目睹人类最近四十年中所干的那些可怕的事，我们对进步才采取了讥讽的态度。尽管如此，阿米巴虫还是经过尝试与失败最终才变成类人猿的。即使那时，我想也存在着开始走错了步子和走弯路的问题。今天进化仍然可能造就希特勒那样的恶棍和背着十字架的圣约翰那类圣徒。我怀有一个微小的希望，一个非常渺茫的希望，但愿那个被大家叫作基督的人实际是一粒肥硕的种子，正在寻找一个墙缝生根发芽。我希望基督应是一只没有走错路的阿米巴虫。我要站在能生存下去的进步一方面。我不是翼龙的朋友。"

"但是假如我们没有能力去爱呢？"

"我不敢肯定会有这样的人。爱已被种植在人们的体内，即使在某些人的身上只是阑尾，不能起作用也罢。当然，有的时候人们把它叫作恨。"

"我在自己身上找不到它的痕迹。"

"可能你是在追求一种过于巨大、过于重要的东西，或是一种过于活跃的东西。"

"你的话我听着迷信的味道太重，就像那些神父所相信的东西一样。"

"谁在乎这个？我正是靠这种迷信生活。此外还有一种迷信——完全没有被验证过——哥白尼相信的——地球绕着太阳转。要是没有这种迷信我们就不能朝着月亮发射火箭了。一个人必须依靠自己的迷信赌博。就像帕斯卡[1]一样。"他一口喝下杯中的威士忌。

"你觉得你幸福吗？"奎里问。

"我自己认为很幸福。我从没问过自己这个问题。一个幸福的人会这样问自己吗？我只不过一天一天地活下去。"

"在你的风浪尖上游泳，"奎里嫉妒地说，"你从来不需要女人吗？"

1　帕斯卡（1623—1662），法国数学家、物理学家、哲学家、散文家。

　　"我需要的唯一的女人已经死了。"医生说。

　　"所以你到这儿来了。"

　　"你弄错了，"科林说，"她就埋在离这里一百码以外的土里，她是我的妻子。"

第二章

　　最近三个月新医院的建筑工程进展很大，看上去不再像是挖掘出来的一栋罗马别墅的砖基了。墙已经砌起来，窗户上安装纱窗的地方也留了出来，甚至连上屋顶的时间也可以估计出来了。看到完工在望，麻风病人们工作的速度更快了。奎里和约瑟夫神父穿过建筑物进行观察：他们像鬼魂一样穿过没装门的门框，走进还不能称之为屋子的房间，之后又穿过未来的手术室、X光室、放着大桶石蜡的带有防火设备的蜡疗室（这是准备治疗那些上肢瘫痪病人的地方），又走过诊所，最后进入那两间主病房。

　　"这儿完工之后，你以后打算做什么？"约瑟夫神父问。

　　"你呢，神父？"

　　"那当然需要院长和医生的决定，可是我倒想再为那些残疾人建设一个学习手艺的地方——我指的是作业疗法，我记得他们在欧洲是这么说的。修女们都可以替人做一些事，特别是替那些残疾病人。谁也不想特殊。把他们组织起来，学习的速度就快多了，他们在一起还可以开开玩笑。"

"之后呢？"

"二十年之内有的是要建筑的东西，就连厕所也有的是要盖的。"

"这么说，我就不愁失业了，神父。"

"一位像你这样的建筑师在我们这里干纯粹是浪费。这里只有泥瓦匠的活儿。"

"我已经变成一个泥瓦匠了。"

"你难道不想再看一看欧洲了吗？"

"你呢，神父？"

"你我完全不同啊。从我们教会这个角度来看欧洲和这里没有什么不同——一片建筑物，和我们现在这些很相像，我们的住房也没有什么区别，小教堂也一样（甚至许愿堂也一样），一样的教室、一样的食物、一样的衣服、一样的面孔。但是对于你，欧洲就远远不止这些了——剧院、朋友、饭店、酒吧间、书籍、商店，还有和你身份、地位相同的那些伙伴——这是你的名声为你带来的，不管人们对名声怎么理解。"

奎里说："我在这里很满意。"

快到中饭时间了，他们一同向神父们的住房走去，路上他们经过修女们和医生的住房，还路过一个不很整齐的小墓地。墓地维护得很糟——活人的事已经占据了神父们所有的时间。只有在万灵节人们才会想起这片墓场。在这一天，每座墓前都点亮一盏灯或是一根蜡烛，不管死者是异教徒还是基督教徒。大约有一半坟墓前竖着十字架，那些十字架外形一样，不加任何装饰，就像是战争期间死难的官兵们的墓地一样。奎里现在知道哪个是科林夫人的墓了。科林夫人的墓前没有十字架，稍稍离别的坟墓远一点儿，这只是为了科林医生死后可以和她埋在一起。

"我希望你在那里也能为我留块地方，"奎里说，"但是不值得为我立十字架。"

"这事在托马斯神父那里不会通得过的。他会说一个人一旦受过洗礼就终身是一个基督徒了。"

"那我宁愿在他回来之前就死。"

"那最好快点儿。他回来会比我们预料的早得多。"甚至同托马斯一起工作的神父也希望他不在眼前，对这个枯燥乏味的人不可能不稍微给他一些怜悯。

约瑟夫神父的警告很快就证明是对的。他们专心查看新医院，所以没听见奥特拉柯公司轮船的钟声。托马斯神父已经带着那只装着他私人用品的破纸板箱登上了岸。在他们经过他的住房的时候，他正站在门口向他们打招呼。他的神情奇特、不安，倒好像把他们作为客人接待似的。

"哦，约瑟夫神父，你看我提前回来了。"

"我们看到了。"约瑟夫神父说。

"噢，奎里先生，我有件很重要的事情要和你商量。"

"是吗？"

"不忙。要耐心些。我离开的这段时间，这里变化可真不小啊。"

"有话你快说吧，别让我们提心吊胆的了。"约瑟夫神父说。

"吃午饭的时候再说，吃午饭的时候再说。"托马斯神父回答道，说着他像捧着圣体匣一样捧着那只破纸板箱走进自己的屋子。

他们走到下一个窗口的时候，看见院长站在床边，他正在把一把梳子、一只海绵袋和一匣雪茄塞进一只卡其布的背囊里。这只背囊还是上次大战留下的遗物，他带着它像是带着个记忆似的走遍世界。他又从书桌上拿起一个包在两层手绢里的十字架，装了起来。约瑟夫神父说："我预感到最坏的事情要发生了。"

院长吃中饭的时候一直心事重重地坐在那里，一声不吭。托马斯神父坐在他的右面。他板着面孔一本正经地把面包捏碎。直到吃完饭院长才开口讲话。他说："托马斯神父给我带来了一封信。主教要我去一趟吕克。我可能要离开几个星期，或许要几个月。在我离开期间我请托马斯神父接替我的工作。"他又加了一句，"你是唯一有时间照看一下账目的神父。"这句话既是对其他神父表示的一种歉意，也是对托马斯神父的喜形于色表示一种含蓄的责备。托马斯神父和一个月之前那种可怜巴巴、心事重重的形象大不相同了，很可能即使一次暂时的提升也能给一个不称职的人鼓鼓劲儿。

"你就放心把事情交给我好了。"托马斯神父说。

"我可以放心把事情交给这里任何一个人。我的工作在这里是最无足轻重的。我既不会像约瑟夫神父那样盖房子，也不会像菲利浦修士那样照看发电机。"

"我将尽力不使学校的工作受到损失。"托马斯神父说。

"我肯定你会成功的，神父。你会发现我的本职工作不会占用你的时间的。谁都能胜任院长的工作。"

生活越是贫乏，我们就越害怕改变它。院长祷告完毕后，找了找他的雪茄，可是他已经把雪茄打包在行李里了。他接过奎里递给他的一支香烟，他抽香烟的姿势就像他穿着一身俗人衣服一样笨拙可笑。神父们不习惯这种分别，情绪不高地围着院长站着。奎里觉得自己就像一个置身于一家人的悲哀气氛中的外人一样。

"医院在我回来之前可能就完工了。"院长用一种凄惨的语气说道。

"等你回来我们再上梁。"约瑟夫神父回答。

"别这样，千万别这样。答应我什么事都不要往后拖。托马斯神父，我最后要叮嘱的就是这件事。尽快地把梁上起来，找得到捐赠者的话，多喝些香槟庆祝庆祝。"

多年一成不变的平静日子使他们忘记了他们必须服从安排，可是现在，他们一下子又意识到了这一点。谁知道把院长叫去干什么，谁又知道主教和欧洲总会之间交换过什么样的信件？他说几个星期之内就回来（主教说是叫他去商量点儿事情），但是大家心里都明白他可能一去不复返。此事在别处可能已经做出决定。他们依依不舍地默默地注视着院长，但那神情就好像一个人在看着一个临终的人（唯有托马斯神父不在场，他已经去把自己的文件往另一个人的房间里搬动了）。院长逐一地看了他们一遍，接着又望了一眼这间简陋的饭厅，他一生最好的年华是在这里度过的。约瑟夫神父说得不错，无论他去什么地方工作，建筑物总是非常相似，饭厅和殖民地飞机场没多大差别，但是也正是因为这个，一个人就更加习惯于这种细微的区别。到处都挂着同一颜色的主教画像的复制品，可是这张画像的角上染上了一小块胡桃色的漆斑，那是做框子的病人不小心滴上的。椅子也是病人照着政府低级官员通常坐的那种式样制作的，所有的教会都在使用这种椅子，只有一把椅子因为不结实有些与众不同。自从那次亨利神父到这里来做客，模仿马戏团的把戏，只用后腿着地坐在这把椅子上以后，他们就总是把它靠着墙放。甚至书橱也有它独特的缺陷：有一层的一个角有些倾斜，墙上的污斑使每个人都有自己不同的联想。每面墙上的污斑都组成一幅不同的图画。不管一个人走到哪儿，他周围的人都有很多和他以前的伙伴重名的（圣徒并不是很多，所以可供他们挑选的名字也就那么几个），但是新的约瑟夫神父也绝不会和老的那个完全一样。

河边传来轮船召唤的钟声。院长从嘴中取下香烟，看了一眼，那神色好像他在纳闷儿香烟怎么跑到他的嘴中去了。约瑟夫神父说："我想我们应该喝一杯……"他从柜橱里翻出几个星期之前过节时喝剩下的小半瓶酒，还够每个人分一口。"一路顺风，神父。"轮船的钟声又敲响了一遍。托马斯神父走到门口说："你该走了，神父。"

"对，对。可我得先去取我的背囊。"

"我给你拿来了。"托马斯神父说。

"是啊，这么说……"院长暗中又扫视了一眼屋子：污斑组成的图画、那把摇摇晃晃的椅子、倾斜的书架。

"平安归来，"保罗神父说，"我去叫科林医生。"

"别，别去了，现在他正在午睡。奎里先生会向他解释的。"

他们向河岸走去向他最后告别，托马斯神父为他提着背囊。在跳板旁边，院长接过背囊，以一种稍稍带有军人气质的动作一下子把它甩在肩上。他碰了碰托马斯神父的胳膊，说："我想你会看到账目都记得很清楚。下个月你尽量先别记账……万一我回来了呢。"他犹疑了片刻，勉强露出笑容，说道："多保重，托马斯神父。干什么事别过于热心了。"说完这话，船和河流就把他从大家身边带走了。

约瑟夫神父和奎里一起回到屋里。奎里说："他为什么要选中托马斯神父？托马斯神父到这里的时间比你们谁都要短。"

"就是院长的那话。我们都有自己的工作，而且和你说实在的，托马斯神父最缺乏管理账目的能力。"

奎里在自己的床上躺下。一天当中这个时间的热度使人根本无法工作，也使人几乎无法入睡，除非干脆服上几片安眠药。他觉得他和院长乘同一条船离开了，可是在他梦中船是朝着与吕克相反的方向驶去的。船沿着狭窄的航道驶进比这里更茂密的森林，而且船也变成主教的那条船了。主教的舱房里放着一具尸体，他们俩准备把它带到"潘戴勒"去埋葬。当他想到在船到达病院的时候他居然听信了别人的瞎话，相信船已经到达内陆的终点，不禁大吃一惊。他现在又开始往前走了，向更深的地方驶去。

椅子吱吱扭扭的声音惊醒了他。他开始还以为是船底在河里蹭到礁石。他睁开了眼睛，看见托马斯神父坐在他的床边。

"我本来不想惊动你。"托马斯神父说。

"我刚才也没真正睡着。"

"我从你朋友那儿给你捎了个信儿来。"托马斯神父说。

"除去我在这里认识的人以外，我在非洲没有朋友。"

"有些朋友是你没有想到的。我的口信是莱克尔给你的。"

"莱克尔不是我的朋友。"

"我知道他这个人有些毛毛躁躁的，可是他对你是很崇拜的。他从他妻子的口中听说，他可能对那位英国记者说了一些对你不太适宜的话。"

"这么说他妻子比他还敏感一些。"

"幸运的是，结果意想不到地好，"托马斯神父说，"这多亏莱克尔先生。"

"意想不到地好？"

"那位英国记者把你和这里所有的人都描写成非常高尚的人。"

"他已经报道了吗？"

"他把他第一篇报道从吕克用电报拍了出去。是莱克尔先生在邮局帮他拍的。他的条件是，要自己先把那篇报道过过目——当然了，莱克尔先生是决不会允许任何对我们不利的文字报道出去的。那位记者在报道里非常赞赏你的工作。那篇报道已经被译成法语登在《巴黎星期日》上了。"

"那家乌七八糟的刊物？"

"它的发行范围很广。"托马斯神父说。

"一家专登丑闻的报纸。"

"你的信息在报纸上一出现，就会更受到赞赏了。"

"我不懂你的话——我没有什么信息。"他不耐烦地避开托马斯神父询问和讨好的注视，翻了一个身面对着墙壁。他听见纸张窸窸窣窣的声音——托马斯神父正从他穿的长袍子的口袋中掏出一件什么东西。托马斯神父说："我来给你读其中几句话。我向你保证，你听了以后会高兴的。报道的标题是：《一位灵魂建筑师，刚果的隐士》。"

"令人作呕的胡说八道。我告诉你，神父，这个人写的东西是不会有什么让我感兴趣的。"

"你这个人真是太苛刻了。遗憾的是，我没时间把这个给院长看看。记者只是在教会的名称上犯了个小错，可是对一个英国人你还能希望什么呢？你听听他是怎么结尾的：'当一位颇负盛名的法国政治家为了躲避繁忙的公务，隐居在偏僻的乡间时，据说来登门拜访的人踏出了一条直通他住所的小径。'"

"他什么也搞不对，"奎里说，"什么也搞不对。那是个作家，不是个政治家。而且那位作家是美国人，不是什么法国人。"

"这些都是无足轻重的小事，"托马斯神父语含谴责地说，"听听下面的话，'整个天主教世界对伟大的建筑师奎里的神秘失踪一直争论不休。奎里的成就是巨大的，从美国最新式的大教堂，一座玻璃和钢结构的大宫殿，到蔚蓝海岸上的黑袍教团的白色小礼拜堂……'"

"他把我和那个业余建筑师马蒂斯弄混了。"奎里说。

"别计较那些琐事。"

"为了你，我倒希望在小事上《福音全书》比帕金森先生写的东西更精确一些。"

"'在奎里过去经常出现的地方已有很长一段时间没人看见他了。我从一家他喜欢进餐的地方、嫩羊肉饭店一路追踪到……'"

"这简直荒谬绝伦。难道他把我当作个老饕？"

"'在非洲腹地，在靠近斯坦利，在野蛮部族中扎营的地点，我终于找到了奎里……'"托马斯神父抬起头来看了看，"接下来他对我们的工作说了不少好话。'无私……献身……穿着白色法衣，过着无可指摘的生活。'你知道，他写东西时确实懂得该用什么文体。"

"'到底是什么最终使伟大的奎里毅然抛弃掉为他带来声名和财富的事业，叫他把自己的余生献给这些不可接触的麻风病患者呢？我无法询问他这个问题，这时我突然发现我的寻求已经终结了。我从独木舟上被抬到岸上的时候发着高烧，神志昏迷，我乘坐的简易的木船终于进入这个约瑟夫·康拉德[1]称之为"黑暗之心"的地带。几个忠实的当地人跟随着我从大河上漂流下来，他们所表

---

1 约瑟夫·康拉德（1857—1924），英国小说家，《黑暗之心》是其名著之一。

现的忠诚不亚于他们的祖父一代对斯坦利的忠心耿耿。'"

"他总是把斯坦利牵扯进去，"奎里说，"到非洲腹地来过的人不止斯坦利一个人。我想英国人可能从来没听说过他们。"

"'我清醒过来的时候发现奎里的手正在给我把脉，他的目光直视着我的眼睛。马上我就感觉到一种巨大的神秘感。'"

"你真的欣赏这篇文章？"奎里实在忍耐不住了，一下子从床上坐了起来。

"我看过很多描写圣徒的文章，比这篇写得更糟，"托马斯神父说，"文体不能取代一切。这个人的本意还是好的。你可能不是个最好的评判者。"他接着往下念，"'正是从奎里口中我才知道神秘的含义。奎里对我讲的话可能是他对其他人从来没有吐露过的。他谈话时对他的前半生流露着深深的悔恨。他的前半生花天酒地，风流艳事不断，正像圣徒弗朗西斯年轻时在阿诺河畔一座城市的暗巷里过的生活一样……'我真后悔你讲这些话的时候我没在场。"托马斯神父惋惜地说，"我跳过下一段，这一段主要是叙述麻风病人的事。他好像只注意到那些残疾人了——真是遗憾，这样我们这里只会留给欧洲一个过分阴郁的印象。"托马斯神父一旦代替了院长的职务，比一个月以前对麻风病院满意多了。

"从这里起他开始讲他所谓的核心问题。'从奎里最亲密的朋友椰油厂主莱克尔嘴中，我获悉了这个秘密。这也许是奎里的一个特点：他把自己出于谦逊而向同他一起工作的那些神父隐瞒着的事都毫无保留地讲给这位工厂主听。你绝对想不到这位伟大建筑师会同这么一个人建立起友谊。"你想知道他的动机吗？"莱克尔先生对我说，"肯定是出于爱，出于一种不受种族和等级限制的无私的爱。我还从没见过这么一个信仰坚定的人。我就是坐在这张桌子旁边和伟大的奎里先生讨论什么是神圣的爱，一直讨论到深夜。"这样，奎里的两个奇特的自我汇合到一起了——对我，奎里讲到了他在欧洲爱过的女人，而对置身于丛林中一座工厂里的他这位无名的朋友，他谈的却是上帝的爱。当今这个原子时代的世界是需要一些圣徒的。当一位颇负盛名的法国政治家为躲避繁忙的公务，隐居在偏僻的乡间时，据说来登门拜访的人踏出了一条直通他住所的小径。世人既已发现了隐居在朗巴伦的施韦泽，就不会找不到退隐到刚果的这位隐士。'我想把圣徒弗朗西斯的几句话删去了。"托马斯神父说，"可能怕引起读者的误解。"

"这个人在扯什么谎话？"奎里叫嚷起来。他从床上爬起来，站到绘图板上铺开的一张蓝图旁边说："我不允许这个人……"

"他是位记者，当然了，"托马斯神父说，"这些都是职业性的夸大。"

"我不是说帕金森。这是他的工作。我是说莱克尔。我从来没有和莱克尔谈到什么爱或是上帝。"

"他对我讲他曾经和你做了一次有意思的探讨。"

"根本没有这么回事。从没有什么探讨。我向你保证，那次完全是他一个人在讲话。"

托马斯神父低头看了看手里的剪报。他说："还有第二篇报道，一个星期之后发表。这里说了：'下星期日。圣徒的往日。以痛苦来赎罪。在丛林中失踪的麻风病患者。'我想他指的是迪欧·格拉蒂亚斯，"托马斯神父说，"这里还有一张这个英国人和莱克尔谈话时的照片。"

"把它给我。"奎里把报纸撕得粉碎，把碎纸片撒到地板上。他问："路通吗？"

"我离开吕克的时候不通。怎么？"

"我开卡车去。"

"去哪儿？"

"去找莱克尔谈谈。你还看不出来，神父？我要叫他立刻闭嘴。再这么下去可不行。我是为了我的生存而斗争。"

"你的生存？"

"我只能在这里生存。也只有这一点还属于我。"他无力地坐在床上说，"我走了很长的路才来到这里。假如我离开这里就没地方可去了。"

托马斯神父说："对于一个好人来讲，名声是一个棘手的问题。"

"神父，可我并不是一个好人。你不相信我吗？难道你也一定要像莱克尔和那个人一样把什么都歪曲了吗？我到这里来并没有怀有什么高尚的动机。我不过像我以往那样在寻求自我，但是肯定地讲，即使一个自私的人也有权利获得稍许幸福吧？"

"你这个人太谦虚了，这是你高贵的品质。"托马斯神父说。

第六部

第一章

1

玛丽·莱克尔看到她丈夫一人睡，就放下手中的《效仿基督》，但她还是不敢动，生怕惊醒他。当然了，她丈夫完全有可能是在玩花招儿。她能想象出来他会怎么训斥她："你就不能看护我一小时吗？"因为她丈夫总是爱极力模拟装假的。那张凹陷的脸扭到另一侧，所以她看不到他的眼睛。她想只要他的病没好，她就不需要把自己的消息告诉他，因为人们是不应该把像她这样的坏消息告诉病人的。透过纱窗飘进一股变了质的人造黄油的气味，她一闻到这种味道就不禁想到她的婚姻。从她坐的地方她可以看到锅炉房的一角，工人们正往炉子里添椰子壳。

她为自己的恐惧、无聊和厌腻感到羞愧。她一直被培养做一名生活在殖民地的白人，她很清楚地知道生活在殖民地的白人是不应该有这种感觉的。她的父亲当初也在她丈夫现在工作的公司服务，不同的是她父亲的工作是流动性的，因为他的妻子比较娇

嫩，所以在孩子出世之前就把她送回欧洲老家去了。她母亲坚持
要和他在一起，因为她是一个彻头彻尾的殖民地白人，而且她还
是个殖民地白人的女儿。"殖民地白人"这个词在欧洲人嘴里
带着轻蔑的意味，但对他们来说却是荣誉的标记。甚至在欧洲度
假期间，他们这些人也成帮搭伙地居住在一起。他们到那些过去
在殖民地居住过的白人经营的饭馆和咖啡馆吃饭，去固定的海滨
湖畔消暑。妻子们在盆栽的棕榈树间等待着她们的丈夫从遍生棕
榈树的国度归来。她们一起打桥牌，互相高声朗读她们的丈夫寄
来的信，信的内容无非是那些在殖民地居住的白人中间传播的闲
言碎语。信封上往往贴的是野兽、小鸟和花朵图案的光彩夺目的
邮票，邮票上盖的都是异国的邮戳。玛丽从六岁起就收集这些邮
票，她总是连同信封和邮戳一同保存，这样她就可以不用集邮簿
而把它们放在盒子里。其中一封信上的邮戳就是吕克的。她那时
可没想到有一天她对吕克会比纳慕尔路更熟悉。

出于一种自觉有罪的心理，甚至冒着惊醒莱克尔的危险，她
轻轻地用一条浸过香水的手帕替他揩了揩脸。她知道自己不是一
个地道的殖民地白人。这就像对祖国的背叛——甚至比背叛祖
国还要坏，因为祖国离自己终究是遥远的，可以想到它的许多坏
处。一个工人从榨油坊走出来，对着墙小便。在他回过身的时
候，他才看见她在注视着自己。他们之间的距离只相隔几码，但
是他们却像隔着遥远的距离通过望远镜互相观望的人一样。她忽
然想起一次早餐的情景，外面的水面上笼罩着欧洲特有的苍白的
阳光，几个喜欢在清晨游泳的人已经浸到水里，他的父亲在教她

说蒙果语的"面包""咖啡"和"果酱"。直到现在她还是只会说蒙果语的这三个词。可是在外面对人只说面包、咖啡和果酱是不够用的。这些词在交往中没有丝毫意义，她甚至不能像她父亲和丈夫那样用外面那个工人听得懂的语言责备他。那人转过身，走进油坊，她感到自己背叛了居住在这块殖民地的白人，一阵孤独感袭上她的心头。她想对留在家中的老父亲道歉，她不能因为那些邮戳和邮票而责备他。她的母亲不愿和他分离。她没有认识到她的这种软弱是一件多么不幸的事。莱克尔睁开眼，问道："几点了？"

"我想大概有三点了。"

他还没有听清楚她说什么就又沉入了梦乡。她继续坐在他身旁。院子里一辆卡车倒着开进油坊，车上准备榨油和燃火的椰子堆得高高的。那些椰子看上去就像干枯的头颅，一次惨无人道的大屠杀的产物。她试图使自己的注意力回到书上，可是那本《效仿基督》怎么也不能使她安下心来。每个月她都收到一期《玛丽-香妲儿》，但她只能等莱克尔忙着干别的事的时候才能偷偷地读上面刊登的小说连载，因为莱克尔非常看不起他所谓的妇女小说，常常攻击说那种作品都是白日做梦。难道除了梦境，她还有什么别的消遣吗？梦是希望的一种形式。这一切她都瞒着他，就像一个抵抗运动的成员把氰化钾药片偷偷藏起来一样。她不愿意相信这就是终结，就这样和自己的丈夫孤独地走向老年，终日在炎热和潮湿的气候中闻着人造黄油的气味，看着黑色的脸庞和废铜烂铁。她日复一日地等着哪一天忽然宣布解放来临。有的时候她想她为了争得解放得付出很大的代价。

《玛丽-香妲儿》是用平邮邮寄来的，寄到的时候常常要晚两个月，但这无关紧要。说起来，小说连载和其他任何形式的文学作品一样，都有着永恒的价值。她现在读的这一期正讲到一位姑娘在蒙特卡洛[1]的一家大赌场下了一万两千法郎的赌注，这是她手中的最后一笔钱了。她把钱押在十七上，但就在球滚动的时候，一只手从她肩膀上面伸过来把她的筹码移到十九上，球正好掉在十九号的口袋里，她转过身来看看到底是谁救了她……但是她还得等三个星期才能得知这个人的身份。他现在正坐在开往西非海岸的邮船上到她这里来，可是即使他到达了马塔迪，前面还有一段漫长的内河航程。院子里的狗叫了起来，莱克尔醒了。

"看看谁来了，"他说，"可别让他进来。"一辆汽车停了下来。很可能是两个敌对的酿酒厂随便哪一方的代表。双方代表每年都要到这些边远地区的销售点旅行三次，举行一次晚会，邀请当地有名望的人和村民免费品尝他们厂出产的啤酒。他们认为通过这种神秘的办法可以扩大他们的销路。

她走到院里的时候，工人们正在把那些干枯的"头颅"从卡车上铲下来。两个人坐在一辆帕热欧牌的小型卡车的司机室里。一个人是非洲人，因为阳光正照射在挡风玻璃上，反光使她看不清另一个人的面孔，可是她听见他说："我在这里待不了一会儿。我们十分钟就可以到达吕克。"

1　蒙特卡洛，摩纳哥城市，欧洲著名的赌城。

她走到车门旁看见说话的人是奎里。她一下子回忆起几个星期前自己含着眼泪驾车离去时那个令人羞耻的场面。后来她在路边过了一夜，饱尝了被蚊子叮咬的痛苦，可这也比面对着一个那么看不起自己丈夫的人好受得多。

她宽慰地想："他不请自来了。他那时所说的话不过是发泄一时的情绪。当时讲话的是他的虚伪做作，而不是他自己。"她想回到屋里告诉她丈夫，可是她忽然想起他告诉过她："别让他进来。"

奎里从车里爬出来，她看见和他同车来的仆人是病院里的一个残疾病人。她对奎里说："您来看我们吗？我丈夫一定很高兴……"

"我去吕克经过这里，"奎里说，"我想先和莱克尔先生说件事。"他表情里有某种东西使她想起她丈夫某些时刻的表情。如果那次是虚伪做作叫他说出了那些侮慢的话，那么他现在还是在受着它的支配。

她说："他病了。我恐怕您不能见他。"

"我非见他不可。从病院到这里的路程花了我三天的时间……"

"那您只能把事情告诉我了。"他站在车门旁，她说，"您好不好讲给我听？"

"我可不能揍一个女人。"奎里说。他嘴边突然显现出的痉挛吓了她一跳。可能他是想笑一笑来冲淡他这句话的分量，可这使他的脸变得更丑了。

"这就是你想见他的目的?"

"多少是这么回事。"奎里说。

"那你最好到屋里来。"她头也不回地慢慢在前面走,他对于她来说好像是一名荷枪实弹的暴徒,她必须装出一副满不在乎的样子。只要她走到房子那儿她就脱离危险了。对于他们这个阶层的人,暴力总是发生在空旷的地方,沙发和古董装饰是可以抑制暴力的。在她走进门的时候,她真想一下子逃到自己的房间去,把病人留给奎里,他爱怎么处置就怎么处置吧!可当她想到在他走后莱克尔会怎么责骂她的时候,她还是强忍住没有逃跑,只是瞟了一眼面前那条通向安全的道路。她走进走廊,奎里的脚步声在后面跟着她。

来到走廊之后,她又换了一副女主人的腔调,就好像她又穿上一件刚刚浆洗的外衣。她说:"要不要我给您拿点饮料来?"

"还不到时候。你丈夫真的病了吗?"

"当然是真的。我告诉过您,这里的蚊子非常厉害。我们又住得离水太近了。他的疟疾一直没好,我也不知道怎么会闹这么久。您知道近来他脾气不太好。"

"我想帕金森就是在这里发起烧来的吧?"

"帕金森?"

"就是那个英国记者。"

"那个人,"她厌恶地说,"他还在这儿吗?"

"我不知道。在你丈夫把他弄到我那里去之后,你们是最后见到他的人。"

"假如他给您添了不少麻烦，我很抱歉。我不会回答他提出的任何问题。"

奎里说："我已经清清楚楚地告诉你丈夫，我到这里来不想同任何人打交道。他在吕克就硬要和我拉关系。他又把你派到病院去找我，之后又弄来个帕金森。在城里他到处给我胡说八道。现在又搞了一篇文章登在报纸上，紧接着还要来一篇。我是到这儿来告诉你丈夫，这种迫害必须停止了。"

"迫害？"

"你还能找到其他什么词来解释这种行为吗？"

"您不知道，我丈夫从您一到这里就非常激动。碰到您之前，他在这个地方找不到一个能和他谈得来的人。他很孤独。"她的目光一直没有从河水、渡口上的绞盘和河对岸的森林移开，"只要他被一件事物激起热情，他就想要占有它，就像个小孩子一样。"

"我从来就不喜欢小孩儿。"

"这是他身上唯一残留的一点儿童心。"她说，这句话无意识地、一下子从她口中说出来，就像从伤口迸射出来一样。

他说："你就不能劝劝他，让他不要再这么谈论我了？"

"我对他没有影响。他从不听我的。再说他凭什么要听我的话呢？"

"要是他爱你的话……"

"我不知道他是不是爱我。有时候他说他只爱上帝。"

"那只能我自己去找他谈了。发一点儿烧还不至于妨碍他听听我该说的话。"他又加了一句，"我不知道他的房间在哪儿，不过这里的房间不算多，我能找得到。"

"不行，请您不要这样。他会认为这是我的过失。他会生气的。我不想叫他生气。我有件事要对他讲。他生了气我就不能讲了。您就是不来，事情也已经够糟的了。"

"出了什么事？"

她绝望地望着他。眼泪从她眼眶里涌出来，像汗珠一样不文雅地滴落下来。她说："我觉得我怀孕了。"

"可是我觉得女人们一般都喜欢……"

"他不想要孩子。可是他又不让我采取安全措施。"

"你找过医生吗？"

"没有，我找不到借口去吕克，况且我们只有一辆车。我不想让他起疑心。他通常每隔一段时间就要了解一下我是不是一切正常。"

"他这次没问过你吗？"

"我想他已经忘了上次之后我们又有过什么事了。"

他不由自主地被她那可怜的表情打动了。她很年轻，确实相当漂亮，可是她好像从来都没想到男人做过这种事是不该忘记的。她说："那是在总督举办的鸡尾酒会之后。"她好像认为这样一说一切就都解释清楚了。

"你自己拿得准吗？"

"我已经两次没来了。"

"亲爱的，在这种气候中这事并不稀罕。"他说，"我劝你——你叫什么来着？"

"玛丽。"这是女人们最普通的名字，可是对他来说这却像是一个警告。

"说啊，"她急切地说，"您劝我……"

"先不要告诉你的丈夫。咱们尽量找一个借口去吕克找医生看看。你不要太着急。你不想要一个孩子吗？"

"他要是不想要孩子，只我想要有什么用？"

"我现在就可以带你走——要是咱们能找到个借口的话。"

"只有您能说服他。他非常崇拜您。"

"我要到医院去给科林医生拿些药，还得去给神父们买些稀罕的食物，为庆祝上房梁时准备些香槟酒。所以明天晚上之前我是无法把你送回来的。"

"噢，"她说，"他的仆人照顾他要比我强得多。他的仆人一直跟着他。"

"我是怕他可能不相信我……"

"有几天没下雨了。路很好走。"

"那我去和他谈谈吧。"

"您本来要和他说的其实不是这些，对吗？"

"我尽量对他客气一些。你使我火气消了不少。"

她说："我一个人去吕克肯定是件好玩儿的事。我是说只同您在一起。"她用手背擦干了眼泪。她对自己动不动就掉眼泪这件事并不比一个孩子更觉得不好意思。

"也许医生会对你说这是虚惊一场。哪一个是他的房间？"

"从过道尽头的那扇门进去。您真的不会对他发火吗？"

"不会的。"

他走进屋的时候，莱克尔正坐在床上。他那副愁眉苦脸的样子就像是戴着一副假面具，可是在他见到他的客人时，他马上把这副假面具摘下，换上一副热情欢迎的面孔。"噢，奎里？是你啊！"

"我是去吕克经过这里来看看你。"

"你能到我病榻前来看我，真是太感谢你了。"

奎里说："我是来和你说说那个英国人写的浑蛋文章的。"

"我把那篇文章交给托马斯神父，让他带给你了。"莱克尔的眼睛不知因为发烧还是高兴变得闪闪发光，"《巴黎星期日》在吕克还从来没这么好的销路，我可以向你保证这一点。书店已经向报社发了补购函，据他们说下一期他们订了一百份。"

"你就没想过这种事对我来说多么讨厌吗？"

"我知道这家报纸不是第一流的，不过大家对这篇文章的反映都很好。你一定不会想到它在意大利都再版了。我听说主教大人在罗马也问起这件事了。"

"你愿不愿意听我说两句，莱克尔？我尽量说得客气点儿，因为你还在生病。这一切到此为止吧。我不是天主教徒，连基督教徒都不是。不管是你还是你的教会都不会把我当教徒看。"

莱克尔坐在十字架下，脸上露出会意的微笑。

"关于上帝的事我什么都不相信，我也不信仰什么灵魂和永恒。我对这些事甚至不感兴趣。"

"不错，托马斯神父告诉过我，你由于没有信仰而特别痛苦。"

"托马斯神父是个虔诚的傻瓜，我到这个地方来就是为了躲开傻瓜们的，莱克尔。你能不能答应我别再找我的麻烦了，还是逼得我非再从我来的路回去不可？在发生这件事之前，我还是很快乐的。我发觉我还可以工作。我觉得我对生活有了一点儿兴趣，做点儿什么事……"

"让天才隶属于尘世，这是对天才的一种惩罚。"

如果他注定要受折磨的话，他倒是真希望那位玩世不恭的帕金森来折磨他。在那位疯疯癫癫的帕金森身上毕竟还能找到一条裂缝，可能成为真理偶然寄生的隙地。可是莱克尔却像是一堵用教会箴言涂抹的厚厚的墙壁，在他身上，奎里连砖缝都看不见。他说："我不是天才，莱克尔。我这个人不过是具有某种才能而已，还不是很高的才能，况且这种才能已经枯竭了。以后我也不会有什么创新了。顶多是重复表现自我而已。所以我放弃了。这事既简单又平常。就像我放弃追求女人一样。干那种事大不了就是那几种姿势。"

"帕金森跟我讲过你心中的悔恨……"

"我从来没有感到过悔恨。从来没有过。你把生活看得太戏剧化了。我们可以十分自然地从感情中退却出来，正像在工作之后退休一样。如果你不再假装对某件事关心，莱克尔，你对它还真的会有感情吗？莱克尔，假如你的工厂明天在一场骚乱中被烧掉，你会特别介意吗？"

"我的心思不在那上面。"

"你的心思也不在你妻子身上。关于这一点你在我们初次见面时就向我表白得很清楚了。你想让别人把你从圣保罗用以吓唬人的欲火中解救出来。"

"基督教婚姻没有什么不对头的地方，"莱克尔说，"这要比那基于情欲的婚姻好得多。不过你要想知道事情真相的话，我可以告诉你，我全部的心思都是放在信仰上的。"

"现在我开始觉得我们之间没有多大区别了，在我和你之间，我们都不懂爱是什么。你装作爱上帝是因为你什么都不爱。可是我却不愿作这份假。我身上唯一残留的一点儿东西就是对真实的尊重。这是我小小才能中最有价值的一部分。你却自始至终都在作假，莱克尔，你说是不是？有很多男人大谈特谈对妓女的爱情——在他们没有制造一种浪漫的口实来原谅自己之前甚至不敢和女人睡觉。为了证明你有道理，你居然对我也进行了一番虚构。可我并不想同你玩这种把戏，莱克尔。"

"在我看着你的时候，"莱克尔说，"我就看到一个受折磨的人。"

"啊，不可能。二十年来我没有任何痛苦。要想激起我的痛苦，需要一个比你强大的人。"

"不管你愿意不愿意，反正你已经为我们大家树立了一个榜样了。"

"什么榜样？"

"无私和谦虚的榜样。"莱克尔说。

"我警告你，莱克尔，除非你立刻停止散布这些谣言……"

但是他感到自己无能为力。他落入了这个同对方比赛口舌的陷阱。在这种情况下，给对方一拳头更简便得多，也有力得多，可是现在已经太晚了。

莱克尔说："圣徒往往是由众人的赞美树立起来的。我不知道这种方法是不是不如在罗马受宗教法庭审判。我们已经找到你了，奎里。你不再属于你自己了。当你在森林中和那个麻风病人祈祷的时候，你自己就丢失了。"

"我并没有祈祷。我只不过……"他忽然住了嘴，解释又有什么用呢？在这场辩论中莱克尔占了上风。他走了出去，"砰"的一声把门关上，这时他才想起来关于玛丽和她要去吕克的事他一句也没提起。

当然了，她正在走廊的另一头焦急地但还是非常耐心地等着他。他真希望随身带来一盒糖果来安慰她。她激动地问："他同意了？"

"我没提这件事。"

"可您答应我了。"

"我发了脾气，结果忘了。真对不起。"

她说："那我也照样和您到吕克去。"

"你最好别去。"

"您非常生他的气吗？"

"还好。我大部分火气都是冲着自己发的。"

"那我就去。"没容他有时间开口劝阻，她已经离开了他。

过了一会儿她回来时，手里只拿着一个小提包。

他说："你真是轻装旅行啊。"

当他们走到卡车前边，他又说："我最好还是回去和他说一声吧？"

"他也许反对，那我怎么办？"

他们把人造黄油气味和那堆破旧的锅炉远远抛在后面，森林的阴影从道路两旁笼罩过来。她用女主人的语气客气地说："医院里一切都好吧？"

"很好。"

"院长怎么样？"

"他走了。"

"上星期六你们那儿雨下得大吗？我们这里下得特别大。"

他说："你不用强迫自己和我谈话。"

"我丈夫说我太不会讲话了。"

"沉默并不是坏事。"

"在你不高兴的时候沉默不语是坏事。"

"对不起，我忘了……"

他们默默地行驶了几公里。她又开口问："你为什么到这里来，不到别的地方去？"

"因为这里很远。"

"别的地方也很远，比如说南极。"

"在我到机场的时候恰好没有去南极的飞机。"她咯咯地笑了。想叫年轻人开心并不难，即使是那些不高兴的年轻人，也很容易把他们逗笑。"有一架飞机去东京,"他又加了一句,"不过这个地方还是比东京远得多,而且我对日本的歌舞伎和樱花都不感兴趣。"

"你是不是说你真的不知道你该去哪儿?"

"拿到一张航空信用卡的优点之一就是不到最后一刻你不用下决心去哪儿。"

"你有家吗?"

"没有家。我只离开了一个人,可是没有我,她可能生活得更好。"

"她真可怜。"

"啊,不,她没有失去任何有价值的东西。要一个女人同一个不爱她的男人一起生活是很难受的。"

"是的。"

"一个人不能一天到晚总装假。"

"是的。"

直到天黑他俩谁都没有再说话。他打开大灯,车灯照在路前方一个坐在一张摇摇晃晃的椅子上的雕像上,雕像的头是用椰子做的。她吓得倒吸了一口气,紧紧靠在他的肩膀上。她说:"我害怕那些我不了解的东西。"

"那你该害怕的东西太多了。"

"是的,我正是这样。"

他用手搂住她的肩膀安慰她。她问:"你和她告别了吗?"

"没有。"

"可她肯定看见你收拾行装了。"

"没有，我也是轻装旅行的。"

"你什么也没带就走了？"

"我拿了一把剃刀和一把牙刷，还有一张美国银行的信用卡。"

"你当时真不知道该去什么地方吗？"

"不知道。所以带衣服也没用。"

道路坎坷不平，他得用两只手才能把握住方向盘。他过去从来没有仔细考虑过自己的行为。在他看来，那次出门是当时唯一符合逻辑的举动。他那天吃的早饭比平常多得多，因为他不知道下顿饭要等到什么时候。然后他乘上一辆出租汽车。他的旅行是从一个空荡荡的机场开始的——这个机场原来是世界博览会的会址，博览会已经关闭许多年了。你在候机室的长廊里走上一英里也看不到几个人。在一间大厅里，人们东一个西一个地坐在那里等着飞往东京的飞机。这些旅客看上去就像一座艺术画廊里的雕像。他订一张飞往东京的飞机票，之后才注意到一个标着非洲地名的指示牌。

他问："那架飞机还有空座位吗？"

"有。不过从罗马起飞后就没有换乘去东京的中转站了。"

"我要一张全程票。"他把信用卡递给对方。

"您的行李在哪儿放着？"

"我没带行李。"

他现在才想到，当时他的举止一定有些奇特。他对那个售票员说："请只填写我的姓就够了，在乘客名单上也这么写。我不希望新闻界找我的麻烦。"名声给人带来的好处不多，但是有一个好处就是，他不会因举止怪僻而引起人们的怀疑。他本以为这样就可以很容易地销声匿迹，但是他并没有完全办到这一点，否则那封签着"一切属于你"的信也就寄不到他手里了。也许她亲自去机场打听过。那个售票员肯定把他搭乘飞机的事原原本本给她讲了。虽然如此，在他到达目的地的时候，还是没有人认出他来。在他停歇的那个小旅馆里——这家旅馆没有安装空调设施，淋浴喷头也是坏的——也没有人知道他的名字。所以泄露他行踪的人除了莱克尔不会是别的人。莱克尔的兴趣掀起的小小风波像无线电波一样传遍了半个地球，连国际新闻机构都知道了。他忽然说："我真希望我从没遇到你丈夫。"

"我也是。"

"我和他相识对你是没有什么损害的。"

"我的意思是说———我过去没有遇到他就好了。"车灯照在一个用木桩支在半空中的笼子上。她说："我恨这里，我想回家。"

"我们已经走了不少路了，回不去了。"

"那不是我的家，"她说，"那只是工厂。"

他清楚地知道她希望他说什么，可是他不愿意说。你说上几句同情的话——不管多么虚伪，多么陈腐——经验告诉他随后而来的将是什么。不幸就像一头饥饿的野兽在路旁窥伺着它的牺牲品。他问："你有朋友在吕克可以留你过夜的吗？"

"我们在那儿没有朋友。我准备和你去旅馆。"

"你给你丈夫留了条子没有？"

"没有。"

"留张条子就好了。"

"你上飞机前留条子了吗？"

"我和你不一样。我是不准备再回去了。"

她说："你能不能借我点儿钱买票回家——我是说回欧洲？"

"不行。"

"我本来也怕你不肯。"好像这句话说出口后，一切就都解决了，她沉入了梦乡。他脑子飞快地想道：这只被吓破了胆的小动物——她还太年轻，不会构成什么威胁的。只有在她们长大以后，你才不能因为怜悯而轻信她们。

2

将近午夜十一点钟，他们才驶过河边的小码头进入吕克市区。主教的小轮船停靠在码头上。一只猫在跳板中间停下来审视着他们。奎里猛地转动方向盘避开路上的一条死狗——它直挺挺地躺在路当中等着喂清晨的秃鹫。正对着总督府前小广场的旅馆仍然悬着彩饰——那是某次庆典的残迹。不是当地酿酒厂的老板们刚刚举办过年会，就是某位自认为走了红运的官员为他被召唤回国进行过庆祝。酒吧间里，钢管椅子上面悬着淡紫色和粉红色的纸链子，使整个房间显得毫无生气，像是一间机器房，灯架上立着一个月球上的人形，笑容满面地俯瞰着餐厅。

楼上的房间里没有空调设备。墙与天花板之间留着一段空隙，所以客人们任何私下的活动都不能保守秘密，隔壁房间里的动静从另一个房间里听得一清二楚。奎里通过声响知道那个姑娘上床前的每一个动作——旅行袋的拉链拉开了，挂衣钩哐啷一响，一只玻璃瓶碰到瓷盆的声音。接着是鞋落在没铺地毯的地板上的声音，放水的声音。他坐在那里考虑着，如果明天早晨医生断定她怀了孕，他该如何安慰她。他想起了他陪着迪欧·格拉蒂亚斯熬过的那个漫长的夜晚。那次他也是极力克服恐惧的心理。他听到隔壁的床发出吱吱扭扭的响声。

他从袋子里拿出一瓶威士忌给自己倒了一杯。现在轮到他发出叮叮当当的声音了，他得打开水管子，挂衣服。他就像被禁锢在牢房里的一名囚犯用暗号回答自己的同谋犯一样。一种奇怪的声音从隔壁传进他的耳朵里——听上去她好像在哭泣。他没有同情心，有的只是恼怒。她自己非要和他一起来，现在又要搞得他一夜无法入睡。他还没有脱衣服。他拿着那瓶威士忌，敲了敲她的房门。

他立刻看出自己搞错了。她正坐在床上读一本平装本小说——这本书也一定是她临走前偷偷藏在比利时航空公司旅行包里带来的。他说："对不起——我以为你在哭呢。"

"哦，我没哭，"她说，"我笑呢。"他看见她手中拿着一本描写一名英国上校在巴黎生活的通俗小说。"可笑极了。"

"我把这个拿来，看你是不是需要喝一点儿。"

"威士忌吗？我从来没喝过。"

"你可以试试。不过你可能不会喜欢的。"他涮了涮她的漱口杯，给她倒了一小口。

"你不喜欢吗？"

她说："我喜欢这种做法，半夜三更在自己屋里喝威士忌。"

"现在还不到半夜。"

"你知道我的意思是什么——还可以躺在床上看书。我丈夫不愿意我在床上看书，特别是这类书。"

"这本书又有什么不好呢？"

"不严肃，和上帝无关。"她说，"当然，他的道理不错。我没受过正规教育。修女们尽了心教我，可是我一离开修道院就把那些教导都忘了。"

"我很高兴看到你没为明天的事焦急。"

"没准儿是好消息。我有点儿肚子疼。不会是威士忌引起来的吧？也许是那件倒霉的事。"她那女主人的腔调和修女的教导都被抛到九霄云外了，她回到了女生宿舍中。要是认为这么一个幼稚的孩子会构成危险，那也未免太可笑了。

他问道："你上学的时候快乐吗？"

"整天无忧无虑。"她蜷起双腿，说道，"你为什么不坐下？"

"你该睡了。"他感到不把她作为一个孩子看待简直不可能。莱克尔不但没有毁掉她的童贞，反而把它永远安全地保存了下来。

她说："你还打算干些什么？我是说在医院完工以后。"所有的人都问他这个问题，可这次他没有回避答复，有一种理论认为对年轻人应该永远讲真话。

他说："我准备留下来。我永远不会回去了。"

"你怎么也得回去——休假什么的。"

"对别人可能是这样，可我用不着。"

"老在这里待着会生病的。"

"我这个人身体很结实。再说生病不生病我也不在乎。早晚我们都会得一种病——衰老。你没看见我手背上这些棕色的斑点？——我母亲把它们叫作'入土斑'。"

"那是雀斑。"她说。

"才不是呢，雀斑是晒出来的。这些是黑暗造成的。"

"你真有些病态，"她说，口气就像是学校的校长，"我真不理解你。我是不得不待在这里。要是我像你那样自由，上帝啊……"

"我给你讲个故事。"他说，又为自己斟了一杯苏格兰威士忌。

"你斟得太多了。你不太能喝酒吧？我丈夫酒量很大。"

"我不过是经常喝而已。这一杯是帮我讲故事的，我不会讲故事。该怎么开始呢？"他慢慢呷着酒，"从前有一次。"

"说实在的，"她说，"我们都是大人了，别讲童话故事了。"

"你说对了，一会儿你就会看到从某种角度讲，这正是我要讲的故事。从前有一个孩子，住在偏僻的乡下。"

"那个孩子是你吗？"

"不是，你不要想我在影射自己。人们都说，作家是从自己的一般生活经验中，而不是在具体事件中取材。来这之前我从没离开过城市。"

"继续讲吧。"

"这个孩子和他的父母住在一个农庄里——农庄并不大，可是养活他们一家人再加上两个仆人、六个雇工、一条狗、一只猫、一头母牛，还是绰绰有余的。我想他们也许还养了一头猪。我不太了解农庄的情况。"

"那么一大家子啊。我要把他们全记住的话，我就会睡着了。"

"我讲这个故事就是想哄你睡觉。他的父母常常给他讲故事。说有一个国王住在一百英里以外的地方——差不多和离地球最远的星球一样远。"

"你胡说。星星离我们有几万万、几万万英里……"

"不错。可是这个孩子总认为星星只有一百英里远。他不懂得什么叫'光年'。他想不到他看到的一些星星在我们这个世界被创造出来之前就已经毁灭了。他们告诉他，国王住得虽然很远，却能看到世界上发生的一切事情。一头母猪生下猪崽儿，一只蛾子被烧死在油灯上，他什么都知道。一男一女结了婚，他也知道。他特别高兴他们结婚，这样在他们生了孩子以后，他臣民的数量就增多了，所以他奖赏他们——人们无法看到这种奖赏，女人们常常在生孩子时死去，而且有的时候孩子一生下来就是聋子或者是瞎子。不过，空气你也是看不见的——但是据那些知道的人说，确实有空气存在。假如一个仆人同另一个在草堆里睡觉，国王就要惩罚他们。这种惩罚你也看不到。有时候那个男仆人找到一个比现在更好的工作，那个女的在失掉贞操之后变得更漂亮了，而且还嫁给了管家。不过这仅仅是因为国王的惩罚推迟了而已。有时直到他们死还没有受到惩罚，但是这也不要紧，因为国王也管死人。你不会想象出来，他在这些人进了坟墓以后还会怎样可怕地惩罚他们。

"孩子长大以后，他规规矩矩地结了婚，因而得到国王的奖赏。虽然他的独生子死了，他在事业上也没什么成就，可他一心想雕刻一些塑像，就像斯芬克司那么巨大、那么宏伟。他们唯一的孩子死后，他和妻子吵起来，因而受到了国王的惩罚。当然，和他受到奖赏一样，你也看不到这种惩罚。你只要相信有这种事就成了。以后他逐渐成为一名著名的珠宝匠，他曾经满足过的一个女人给他钱供他深造，为了表示对她的尊重，当然也为了表示对国王的尊重，他制作了很多美丽的珍宝首饰。大批的奖赏接踵而来，还有很多的钱。其中不少是国王给的。所有的人都说那都是国王一个人给他的。他离开了他的妻子和情妇，他也遗弃了很多女人，不过在他刚和她们接触时，他总是很开心的。她们把这称为'爱情'，他也这么认为。他破坏了他所能想到的一切规矩，而且他肯定也因为破坏了这些规矩受到了惩罚，可是你就是看不到这些惩罚，他同样也看不到。他变得越来越有钱，他的珠宝首饰制作得越来越精美。女人们更是越发喜欢他。所有的人都觉得他的日子非常幸福。唯一不顺心的事是他变得厌倦了，对一切越来越感到厌倦。好像没有一个人对他说过'不行'两个字，也没有一个人可以使他感到痛苦。受苦的永远是别的人。有时候，仅仅为了变换一下，他倒很乐于体验一下受惩罚的痛苦，国王一定一直在惩罚他呢。他能够随心所欲地到处旅行，过了没多久，他觉得他走的地方已经远远超出了他和国王之间的那一百英里的距离，甚至比那颗最最遥远的星星还远。然而不论他到哪里，周围的一切都没有变化：报纸上的文章异口同声地赞美他制作的珍宝首饰，女人同样欺骗自己的丈夫和他上床睡觉，国王的仆从们还是认定他是一位忠诚可靠的臣民。

"由于人们只能看到奖赏，看不到惩罚，他被人说成是非常好的人。有时候人们也多少有些奇怪，为什么这么一个好人会和那么多女人寻欢作乐——这起码从表面上看是违反了国王所立下的规矩的。不过他们很快就对此找到了理由：他们说他在爱情这方面非常有本事，而爱情一向被他们认作最高的美德。就是在国王所能赐给的奖赏中爱情也确实是最高的一种。它之所以那么被人们看重，是因为比起那些物质奖赏，比起金钱、成功、学院学位，等等，更无法为人看到。甚至他本人也开始相信，他比那些世上所谓的好人更善于表现自己的爱情。那些人，如果你了解内情的话，显然并不怎么好（你只要看一看他们所受的惩罚——贫穷、孩子的夭折、在铁路事故中失掉双腿等就够了）。有一天，他忽然发现他什么人也不再爱了，他大吃一惊。"

"他怎么会发现的呢？"

"那是他当时发现的几个重大事情中的第一个。我不是和你说过，他非常聪明，比周围所有的人都聪明吗？在他还是小孩儿的时候，他就独自发现了所有关于国王的事。当然，他的父母给他讲了很多故事，可是那些故事什么也不能证明，它们只不过是老妈妈讲的老掉牙的故事而已。大家都说自己热爱国王，可他更进一步。他用历史的、逻辑的、哲学的和词源学的方法证明了国王的存在。他的父母告诉他这纯粹是浪费时间。他们生来就知道，他们看见过国王。'在哪里？''当然在我们心里。'他对他们的无知与迷信感到好笑。他能够证明国王就在离城市一百英里之外的地方，而且从来就没离开过那里一步，国王怎么可能存在于他们的心中呢？他的国王是客观存在的，除了他的国王，世界上没有其他的国王。"

"我不喜欢寓言，也不喜欢你的主人公。"

"他也不喜欢他自己，所以他也从来没有谈过他自己——除了用这种方式。"

"你说的'除了他的国王，世界上没有其他的国王'，使我多少有点儿想起了我丈夫。"

"你不能埋怨讲故事的人把真实人物编到他故事中去。"

"你什么时候能讲到故事的高潮？结局是快乐的吗？不然的话，我就睡觉了。你干吗不描写一下故事中的女主人公啊？"

"你就像那些批评家一样，想让我编一些合你口味的故事。"

"你看过《曼侬·莱斯戈》[1]吗？"

"很久之前读过。"

"我们在修道院的时候就都非常喜欢这本书。当然，在那里是严禁看这本书的。这本书从一个人手里传到另一个人手里，我把勒热内的《宗教战争史》的封皮贴在上面。现在我还保存着呢。"

"你得让我把故事讲完啊。"

"嗯，好吧，"她表示让步，把身体靠在后面的枕头上，"要讲就讲吧。"

"我刚讲了我们的主人公的第一个发现。他的第二个发现比第一个晚很长时间，那时候他认识到自己生来就不是一个艺术家，充其量只是个聪明的珠宝匠。他制作了一件形状像鸵鸟蛋的金首饰：整个首饰是用珐琅和金子做成的，一打开就可以看到里面有一个小金人坐在桌子旁边，桌子上又有一个用珐琅和金子做成的蛋，你再打开……我就不用往下说了。所有的人都说他是一个能工巧匠，不过人们之所以赞赏他，也由于他制作的艺术品有一个严肃的含义：每一个蛋的顶端都有一个用宝石镶嵌的小金十字架以表示对国王的尊敬。不幸的是，他对自己这种挖空心思的精巧设计变得厌腻了，就在他拿着一块光学镜制作最后一个蛋的时候——故事发生在很久以前，那时人们管这种镜子叫放大镜，这个故事当然和我们这个时代没有任何关系，和所有活着的人也

1　法国小说家普莱沃（1697—1763）的代表作。

没有丝毫共同之处……"他拿起杯子，喝了一大口威士忌。他已经记不清有多长时间他没有这么高的兴致了。他说："我讲到哪儿了？我想我喝多了点儿。威士忌一般还不至于把我弄成这样。"

"讲到蛋的事了。"她昏昏欲睡的声音从被单下面传出来。

"哦，对了，第二个发现。"他开始意识到这是一个悲哀的故事。所以要了解他这时那种自由、解脱的心情，有如了解罪犯向检察官交代了一切罪行后浑身轻松的感觉一样，是很困难的。这会不会就是一个作家所得到的报酬？"我把一切都说了，你爱怎么处置我就怎么处置我吧。"

"你刚才说什么？"

"最后那个蛋。"

"哦，对了，讲到这儿了。我们的主人公忽然发现他对一切感到厌烦——再也不想动手制作什么珍宝首饰了。他的职业已经完结了——他已经走到头了。没有什么东西能比他所制造的珍宝首饰更精巧，或者干脆说更无用了。而今后他也不会再得到比他已经得到的更高的赞美了。他知道那些傻瓜怎样利用人们对他的赞美。"

"之后呢？"

"他来到一处名字叫朗帕路四十九号的住房，他的情妇在离开自己的丈夫之后一直住在那里。她的名字和你的一样，叫玛丽。门口围着一大群人，里面有医生，还有警察。一小时之前她自杀了。"

"多可怕啊。"

"对他而言并不可怕。很久很久之前他的欢娱已经走到尽头了，就像他的工作也结束了一样，虽然他仍然不断寻求欢乐，就像一名退出舞台的舞蹈演员每天在练功房的把杆上继续练功一样，只是因为每天早上他都是这么度过的，他从来没有想过要停止这样做。因此我们的主人公唯一感到的是解脱：把杆折断了，他想用不着再麻烦自己寻找另一个了。虽然过了一两个月他又找了一个。可是一切都太晚了——他这种习惯已经被彻底打破了，他从此再也不能用同样的热情恢复这个习惯了。"

"这个童话太悲惨了。"那个声音说。他看不见她的脸，被单把脸盖住了。他没有注意她的批评。

"我告诉你，抛弃你的职业并不比抛弃你的丈夫更容易。在这两种情况下，人们都要向你大讲特讲责任问题。人们纷纷来找他购买带有十字架的金蛋（为国王和他的臣子服务是他的责任）。恐怕正是他们对他的大吹大擂才使得别的人再也不能制作这种金蛋或是十字架了。为了使他们大失所望，并且证明他的心思已经改了，他玩世不恭地用几块宝石雕刻成精致的小蟾蜍作为女人们挂在肚脐前的饰件——肚脐前的装饰马上风行一时。他甚至使一种软铠甲时髦了一阵子，他用一颗宝石嵌在铠甲的顶端，就像一只智慧的眼睛，男人们可以用这种铠甲遮盖自己的下体——由于某种原因，人们给它取了个名字叫'海上捕拿特许证'。有一段时间人们把它作为时髦的礼品送人（你知道女人很难挑选到中意的圣诞节礼品送给男人）。就这样，我们的主人公照样收到大笔的金钱，人们对他赞不绝口。可最让他恼火的就是他信手搞出来的这些小玩意儿，被大家看得和那些金蛋十字架一样贵重。他是国王的珠宝匠，什么东西也无法改变这一点。人们宣称他是道德家，说他的作品是对当时那个时代的尖锐的讽刺——最后，这种意见在一定程度上影响了'特许证'的销路，这大概可以想象出来的。男人们一般不愿意把道德讽刺盖在身体那块地方，女人们触摸讽刺作品时也怀着戒心，不像她们过去抚摸一件镶着珠宝的柔软遮体衣那样高兴。

"然而，尽管他的珍宝装饰在一般人中不再那么受欢迎，却使他得到一批艺术鉴赏家的特殊好评，这些人本来就不相信世俗的称誉。他们开始写文章介绍他的艺术，尤其是那些自称是了解和热爱国王的人更喜欢谈论他。这些文章和书籍的内容几乎没有多大出入，我们的主人公读了一篇之后，其他各篇不用再读也就一清二楚了。这类文章中差不多总有那么一章，题目是'洞中蟾蜍：浪子的艺术'，要不然就是'从复活节金蛋到海上捕拿特许证，阐释原罪的珠宝匠'。"

"你为什么总要把他称为珠宝匠呢？"被子底下传出她的声音，"你很清楚，他是一个建筑师。"

"我告诉过你不要把我的故事和真人真事联系起来，否则，你接着就该辨别你自己和故事中那个玛丽的区别了。感谢上帝，好在你还不是那种想要自杀的人。"

"我要做到的事会使你大吃一惊的，"她说，"你讲的一点儿也不像《曼侬·莱斯戈》，不过还是够悲惨的。"

"人们并不知道，有一天我们的主人公有了一个惊人的发现：他不再相信那些历史的、哲学的、逻辑的和词源学的论证了，过去他正是依据这些论证才推导出国王的存在的。他只剩下一种记忆，似乎国王是活在他父母的心中而不是在其他什么地方。不幸的是，他的心已经不是他的父母所造就的那样了：这颗心由于骄傲和成功而僵化了，变得只是在骄傲的时刻才跳动，在一座建筑物……"

"你终于说建筑物了。"

"——在一颗珠宝做成之后，或者当一个女人在他身子下面欢乐地喊叫的时候。"他看了看瓶子里的威士忌，还剩下一点儿，不值得再留了。他把酒全都倒在杯子里，也懒得再往里兑水。

"你知道，"他说，"他欺骗了自己，正如他狠狠地欺骗了别人一样。他曾经坚信过，他对自己工作的热衷就是在表示对国王的爱，他对一个女人施以柔情就是在模仿——至少是不完善地模仿——国王对他的臣民的爱。国王终究还是特别爱这个世界的，所以他送来了一头牛、一阵黄金雨和一个儿子……"

"你越讲越糊涂了。"姑娘说。

"可是，当他发现他所信仰的国王并不存在时，他忽然醒悟过来，他以前所做的一切都是出于对自己的爱。再继续只为自己孤寂的爱情制作珠宝或者是爱情又有什么意义呢？在他发现有关国王的事情之前，可能他的性和他的使命就已经来到了尽头，或者是这些发现导致一切的终结呢？我不知道，但是我听说他常常怀疑他这种丧失信念是否恰恰就是表明国王存在的一个最终的、有力的证据。这种完完全全的空虚可能就是对他故意破坏那些规矩的惩罚。甚至这正是人们所谓的痛苦吧。这个问题太复杂了，复杂得接近荒谬。他开始觉得自己还不如像自己的父母一样，做个头脑简单、心地纯洁的人呢，他们一直坚信国王就活在他们心中——而不是住在一百英里之外的那座像圣彼得大教堂一样大的阴森森的宫殿里。"

"后来呢？"

"我不是告诉你了嘛，抛弃自己的职业就像抛弃自己的丈夫一样困难。假如你离开自己的丈夫，你一定会有好多好多白天和好多好多黑夜不知道该怎么度过，之后会有很多人给你打电话，朋友们要向你提出各种各样的问题，报纸上时不时地要登些关于你的文章。故事的这一部分实在没什么意思了。"

"所以他拿了一张航空信用卡……"她说。

威士忌喝光了。窗外迎来了赤道的一天，好像紧闭的天宇忽地被闯开了，沿着地平线涌进一抹淡绿、淡黄和火鹤般淡红色的光芒，再后迎来了普通星期四那通常的苍白的晨曦。他说："我耽误你睡觉了。"

"你讲的要是一个浪漫点儿的故事就好了。不过一样，这个故事也把我的心事驱散了。"她在被单里咯咯地笑着说，"我简直可以对他说我们在一起过了一夜，对吗？你想他会和我离婚吗？我猜不可能。教会不允许。教会说，教会规定……"

"你真的是那么不幸吗？"她没有回答他。年轻人的睡眠来得和这个热带城市的白昼一样快。他蹑手蹑脚地打开门，走到过道里。过道里仍然很昏暗，一盏长明灯发出惨白的光线。一个熬了通宵的人，也许是起得很早的人，在隔着五个房间的那边关上了门，一个抽水马桶响了一下，声音又小了下来。他坐在床上，周围渐渐亮了——现在正好是一天中最凉爽的时候。他想：国王死了，国王万岁。可能他在这里又找到了一个国度，也找到了生活。

第二章

1

　　奎里一清早就外出了，准备在天气还不十分炎热之前尽量多给科林医生办几件事。吃早餐的时候他没有见到玛丽·莱克尔，从他房间隔断的另一边也没有声音传过来。奎里到大教堂去取了等待下一班轮船运走的信件。他发现这里面没有他的信，心里非常高兴。"一切属于你"只向他所在的这个无名的国土做了一个姿态，为她着想，他希望这个姿态只是出于责任与传统礼规，而不是为了表达爱情。如果事情真像他所希望的，他的保持缄默就不会再伤害她了。

　　时间已经到了中午，他觉得口干舌燥。他发现自己离船码头并不远，便向河边走去，踏上主教的那只小汽船的跳板。他想看一看船长在不在船上。走到舷梯下面，他踌躇了一会儿，为自己的这一行动感到吃惊。很久以来，这还是他第一次主动地去寻求一位伴侣。他还记得自己最后一次踏上这只船的时候——那是一个夜晚，船舱里点着灯——心绪多么恶劣。水手们已经在船桥上堆好了航行用的烧锅炉的木柴；一个妇女正在扶梯口和锅炉中间晒衣服。他一边上舷梯，一边招呼船长，但是他没有想到，坐在餐厅桌前清理货物发票的神父是一个陌生人。

"我能进来吗？"

"我想我知道你是谁。你一定是奎里先生。咱们开一瓶啤酒，怎么样？"

奎里打听上一位船长的消息。"他被派去教伦理神学课了，"新上任的船长说，"他现在在瓦坎加。"

"他舍得走吗？"

"他挺高兴的。河上的生活对他没有什么吸引力。"

"对你有吸引力吧？"

"我还不知道，这是我第一次航行。过去长年累月同教堂规定打交道，现在倒是可以换一换环境了。我们明天就起航。"

"到麻风病院去？"

"那是最后一站。要走一个星期，也许十天。我还弄不清路上要上什么货。"

奎里下船的时候觉得自己并没有引起船长的任何好奇心。船长甚至没有问起他新建的医院的事。也许《巴黎星期日》把最坏的事情都做了，莱克尔也好，帕金森也好，都无法再给他增添更多的伤痛了。看样子他即将被接纳到一个新国家来，他像是个难民，正在注视着领事拿起笔在他的护照上填写最后几个项目。但是除非等手续完全办完，难民总是提心吊胆。过去他有过很多经验：主管签证手续的人突然又想到什么事，又提出新问题、新条件；另一个官员走进屋子，又带来一份什么档案。在旅馆的酒吧间里，一个人正在饮酒，他坐在一个月亮里的人形和紫色纸链的条带下面。这个人是帕金森。

帕金森举起一杯淡红色的杜松子酒说："来，我请你喝一杯。"

"我以为你已经走了呢。"

"我只是到斯坦利维尔[1]走了一趟，报道那里发生的骚乱。我已经把文章发回报社去了，除非再发生什么事，我没有什么事干了。你喝什么？"

"你准备在这儿待多久？"

"等着家里拍电报来再说。我报道你的故事非常成功。没准儿他们还要我写第三篇连载文章呢。"

"你没有使用我供给你的材料。"

"你说的那些事不适于家庭阅读。"

"你再也不会从我嘴里得到什么了。"

"真令人感到吃惊，"帕金森说，"有时候只要走运，什么好事都碰得上。"他摇晃了一下酒杯里的冰块，"第一篇文章就大获成功。所有的报纸都发了稿，就连对立面的报纸也采用了——铁幕后自然不在此例。美国的新闻界对这篇稿子更是争先恐后地抢着发表。既有宗教气味又带着反殖民主义色彩——他们

1　现称基桑加尼。——编者注

最欢迎这类杂烩菜了。只有一件事美中不足——我发着高烧被抬到岸上的情景你没有给我拍下来。我只好用莱克尔太太给我照的一张相片顶数。可是这回我在斯坦利维尔却拍了一张精彩的——站在一辆烧毁的汽车旁边，是不是你不同意我在文章里提到斯坦利？他一定到过那儿，不然的话他们也就不会管那个地方叫斯坦利维尔了。你上哪儿去？"

"回房间。"

"啊，对了，你住在六号房间，是不是？跟我在一条走廊上。"

"七号。"

帕金森用手指搅动了一下冰块，说："啊，我知道了。七号。你没有生我的气吧？我向你保证，那天我说了一些气话，其实其并没有什么。我只不过是想刺激你开口罢了。像我这样的人可没有资格生气。斗牛士刺到牛身上的矛枪并不是真正的把戏。"

"什么是真正的？"

"下一篇连载。等你读到就知道了。"

"我根本不希望从你笔下读到真实的报道。"

"发火儿了吧？"帕金森说，"比喻是件滑稽的事，很难找到那么贴切的。也许你不相信我的话，可是我告诉你：我过去对于文体风格还是下过功夫的。"他往杯子里看了看，好像在望着一口井，"生命真是够长的，是不是？"

"那天你好像还很害怕失去它呢。"

"这是我唯一所有的。"帕金森说。

　　朝向阳光刺目的街道的门开了，玛丽·莱克尔走了进来。帕金森笑嘻嘻地说："看哪，谁来了。"

　　"莱克尔夫人是搭我的车子从种植园来的。"

　　"再来一杯杜松子酒。"帕金森招呼侍者说。

　　"我不喝杜松子酒。"玛丽·莱克尔用会话手册里那种做作的英语说。

　　"那你喝什么？啊，我想起来了，我在你家的时候从来没有看见你拿过酒杯。那你就喝橘子汁吧，孩子。"

　　"我很喜欢喝威士忌。"玛丽·莱克尔骄傲地说。

　　"太好了。你这么快就长大成人了。"他走向酒吧间另一头亲自去取酒，路上还跳了一下，用手掌拍了一下头顶上的纸环，对于一个胖子来说，这个动作可谓非常灵活。

　　"有什么消息？"

　　"他一时说不准——要等到后天才知道。他觉得……"

　　"什么？"

　　"他觉得我有了。"她忧郁地说。这时帕金森已经端着一杯酒走回到他们身边。他说："我听说你丈夫发高烧了。"

　　"对了。"

　　"我可知道那是什么滋味。"帕金森说，"他有个年轻的妻子伺候，真是太幸福了。"

　　"他不要我当他的护士。"

　　"你在这儿要待得很久吗？"

　　"我不知道。也许待两天。"

"有时间跟我吃一顿饭吗？"

"啊，不行。没有时间。"她一口拒绝了。

帕金森强装摆着笑容说："又发火儿了！"

玛丽·莱克尔把杯里的威士忌喝光了以后对奎里说："我们一起去吃午饭，是不是，咱们两个人？给我一分钟的时间，让我去洗把脸。我去拿钥匙。"

"让我去给你拿。"帕金森说。她还没有来得及拦阻，帕金森已经跑到酒吧间把钥匙取来。他把钥匙套在小手指上摇晃着说："六号。咱们三个人住在同一层楼。"

奎里说："我跟你一起上去。"

玛丽·莱克尔在自己房间里只停留了一分钟就走进奎里的屋子。她问："我可以进来吗？我的屋子别提多乱了。我起得太晚了，他们还没有来得及把床收拾好。"她用奎里的毛巾擦了擦脸，皱着眉头看了一下毛巾上留下的脂粉印迹，"对不起。我把你的毛巾弄得一塌糊涂。我没想到我的脸会这么脏。"

"没关系。"

"女人总是叫人讨厌，是不是？"

"我活了大半辈子，倒还没发现这一点。"

"瞧瞧我让你受的这个罪，你还得在这个鬼地方待二十四小时。"

"医生不能把结果给你寄去吗？"

"我非得把事情弄清楚才能回去。你还看不出我现在这样根本不可能回家？如果答案是肯定的，我得立刻告诉他。这是我到吕克来的唯一借口。"

"如果答案是否定的呢？"

"那我会非常高兴，我就什么都不在乎了。也许我就根本不回去了。"她又问他，"什么叫兔子试验[1]？"

"不太清楚，可能是取一点儿你的尿，再把兔子切割个口子……"

"活活地切割？"她惊骇莫名地说。

"然后再缝起来。我猜想兔子死不了，下次还可以用它做试验。"

"我真不懂，为什么凡是坏事都这么快就让我们知道。还得让一个可怜的小动物陪着受罪。"

"你一点儿也不想有一个小孩儿吗？"

"有一个小莱克尔？不想。"她从奎里的发刷上取下梳子来，连查看也不查看一下就梳理起自己的头发来，"我不是布置下圈套非叫你请我吃饭不可吧？你是不是已经约好同别人去吃饭了？"

"没有。"

"我只是受不了下边那个人。"

但是在吕克这个小地方，要想甩掉一个人是根本不可能的。城里只有两家餐馆，他们选中的凑巧是同一家。他们三个人是餐馆中仅有的顾客。帕金森坐在靠门的一张餐桌上，一边吃东西一

1　将女性尿液注入雌兔体内进行妊娠试验的方法。——编者注

边望着他们。他把禄莱福莱相机往身边一张椅子的椅背上一挂，就像在那些动荡不安的日子里平民百姓随身携带着手枪，总是将它们挂在伸手可取的地方似的。帕金森只带着相机出来狩猎，你至少可以这么说。

玛丽·莱克尔又要了一份土豆。"我一个人的饭量有两个人那么多，"她说，"你可别笑话我。"

"我不会笑话你。"

"这是这里殖民地的白人爱说的一句俏皮话：谁的饭量大就是肚子里有虫子。"

"你肚子还痛不痛了？"

"咳，早就不痛了。医生认为和那件事没关系。"

"你是不是最好给你丈夫打个电话？你今天还不回去，他一定会着急的。"

"线路可能不通。电话线总是断。"

"最近没有暴风雨呀。"

"非洲人总是偷割电线。"

她又吃了一份样子十分可怕的紫颜色的甜食才开口说："我想你是对的。我去打电话吧。"她离开餐桌，让他一个人喝着咖啡。在一张张的空桌子上，只有他的咖啡杯和帕金森的杯子叮叮地响着，好像在演奏二重奏。

帕金森从自己的位子上大声对他说："信件还没有来。我在等着我的第二篇连载报道呢。如果来了，我就把它塞到你的门缝里。让我想一下，你住在六号还是七号？可别把报纸塞错了房间。"

"别麻烦了。"

"你还欠我一张照片。也许你愿意同莱克尔太太一同照一张。"

"你不会拍到我的照片的,帕金森。"

奎里付了账,起身去寻找电话机。电话机在一个头发染成蓝色、戴着蓝色眼镜的女人坐的收银台上,她正用一支橘红色的钢笔在桌上写账。"电话铃响了半天,可是没有人接。"玛丽·莱克尔说。

"我希望他不是病得更厉害了。"

"也许他起床到工厂去了。"她把电话听筒放下,又接着说,"我已经尽力了,是不是?"

"晚上咱们吃饭以前你可以再打一次。"

"你离不开我了,是不是?"

"同你一样。你也只能同我在一起。"

"你有别的故事给我讲吗?"

"没有了。我就知道那一个。"

她说:"明天还要等一天,时间真不好过。在我知道那件事的结果以前,我不知道该做什么好。"

"去躺一会儿。"

"不行。我到教堂去做做祈祷,这是不是太无聊?"

"能把时间打发掉的事都不是无聊的。"

"但如果那东西已经存在,"她说,"就在我的身体里,即使我祈祷，它也不会一下子就消失掉，对不对？"

"我想是不会的，"他不太情愿地说，"就是神父也不会让你相信这种事的。我想，他们会让你祈祷，实现上帝的意旨什么的。但你还是别要求我给你解释祈祷这类的事吧。"

"在我做这种祈祷之前，首先我得知道他的意旨到底是什么，"她说，"虽然如此，我想我还是祈祷吧。我可以祈祷，让上帝赐给我幸福。我总可以这样做吧？"

"我想是可以的。"

"这就把什么事都包括进去了。"

2

奎里同样感觉时间非常难熬。他又一次来到河边。主教的船已经上完了货，船上的人已经走光了。小广场上的铺子都上了板。看来除了他同那个他想正在祈祷的女孩子以外，全世界的人都已经入了梦乡。但在他回到旅馆以后，他发现至少还有一个人没有睡觉，那就是帕金森。帕金森站在淡紫色和粉红色的纸链子下面，眼睛瞟着门口。奎里刚一踏进门槛，他就蹑着脚走过来，神色诡秘，仿佛出了什么大事似的说："你先等一会儿再回房间去，我要同你谈一件事。"

"谈什么？"

"谈谈当前的形势，"帕金森说，"出现在吕克上空的乌云。你知道谁在上面吗？"

"在什么上面？"

"在楼上。"

"你好像着急要告诉我。你就快说吧。"

"当丈夫的来了。"帕金森加重语气说。

"什么丈夫？"

"莱克尔。他到这儿找他的老婆来了。"

"我想他可以在教堂里找到她。"

"事情不像你说得那么简单。他知道是你同她在一起。"

"他当然知道，我昨天到他们家里去了。"

"虽然如此，我觉得他还是没有想到你同她在这里，住在紧挨着的两间屋子里。"

"你的思想简直就是个给闲话专栏撰稿的无聊文人。"奎里说，"屋子挨不挨在一起能证明什么？住在走廊的两头照样可以偷情。"

"不要看低了闲话专栏作家。历史就是他们写出来的。从美丽的罗萨蒙德到爱娃·布劳恩[1]都是他们的杰作。"

"我认为历史同莱克尔这些人没有什么关系。"奎里走到收银台前边说，"请给我的账单。我要走了。"

"你要溜掉？"帕金森问。

"什么叫溜掉？我待在这儿只是为了用车送她回去。现在我

---

1 罗萨蒙德是英王亨利二世的秘密情妇，爱娃·布劳恩是希特勒的情妇。

可以把她交给她丈夫了。他有责任照管她。"

"你真是个没心肝的魔鬼，"帕金森说，"我有点儿相信你同我讲的那些事了。"

"那你就把那些事登出来吧，别发表你那些宣传宗教的胡说八道了。偶尔讲点儿真话还是令人感兴趣的。"

"什么真话？你并不像你装扮的那样头脑简单，奎里。我写的东西没有什么是编造的。斯坦利的事当然是个例外。"

"那你写的什么独木舟啊，忠实的仆人啊，等等，都是真话吗？"

"我是说，关于你，我写的都是真实情况。"

"不是的。"

"你在这里隐姓埋名，不是吗？你替麻风病患者义务工作。你也确实跟着那个人到森林里去……你知道，这一切归根结底都是善行。"

"我知道我自己行为的动机。"

"你知道？圣徒也都知道吗？那么'最不幸的罪人'和这类的胡扯又是怎么回事？"

"你讲话——几乎同托马斯神父一样了。当然还不完全一样。"

"历史可能同意你的解释，但也完全可能同意我的。我对你讲过，我要把你捧上去，奎里，除非，当然了，我发现把你踩下去会使我的报道更加精彩，而看样子现在有这种可能性了。"

"你真的相信你的能力有这么大？"

"蒙塔古·帕金森有整个报业组织做后盾。"

头发染成蓝色的女人说:"您的账单,奎里先生。"奎里转过身来付款。"你觉得值不值得求我帮你一个忙呢?"帕金森说。

"我不懂你是什么意思。"

"我当记者经常受到威胁恫吓。我的照相机两次被人砸毁。我在警察的拘留所里待过一夜。在餐厅里挨了三次打。"他的语调听着有点儿像圣保罗在讲话,"我三次遭受鞭打,一次被人投掷石块……"他接着说,"奇怪的是,从来还没有人呼吁过我的善良的本性。它可能会起作用的。也许就在这儿,你知道,在我身体里某个地方……"听来帕金森真的感到非常悲哀。

奎里用温和的语调说:"如果我不是什么都不在乎的话,也许我会求助于你的。"

帕金森说:"你这种对什么都无所谓的态度,我真是受不了,你知道他发现什么了?但你是不会向新闻记者打听消息的,你会吗?你房间有一条毛巾,我拿给他看了。还有一把梳子,上面有几根长头发。"帕金森的苦恼刹那间从他受了伤害的眼睛里显露出来。他说:"我对你感到失望,奎里。我已经开始相信我写的关于你的报道了。"

"太遗憾了。"奎里说。

"一个人要不就得相信点儿什么,要不就得全盘否认。"

一个人在楼梯转角处跟跄了一下。下楼的人是莱克尔。他手里拿着一个鲜红封面的像是什么本子的东西。下楼梯的时候,他扶着栏杆的手指颤抖着,可能是刚刚发过烧虚弱无力,也可能是因为神经紧张。他站住了，身旁的壁灯照着月亮里的人，那人的一张孩子似的面孔对他傻笑着。他喊了一声："奎里。"

"你好，莱克尔，"奎里招呼道，"你好一点儿了吗？"

"我真不懂这是怎么回事，"莱克尔说，"怎么会是你，偏偏是你……"他好像在极力寻找一句什么套话，不是从他熟悉的神学著作里，而是从连载的言情小说里，"我本来把你当作朋友的，奎里。"

收银台上那支橘红色的笔显得特别忙碌，忙得有些可疑。头发染成蓝色的脑袋叫人不太相信地紧俯在桌面上。"我不知道你在说什么，莱克尔，"奎里说，"我们最好到酒吧间去吧。那里没有人打扰咱们。"帕金森准备跟在他们后面，但是奎里用身体把门挡住了。他说："你别来，这不是登在《邮报》上的材料。"

"我对帕金森先生什么事都不隐瞒。"莱克尔用英语说。

"随便你吧。"下午的炎热把酒吧间的侍者都驱走了。屋顶上垂下的纸链像是老人的胡须。奎里说："中午吃饭的时候你妻子给你打电话来着，但是没有人接。"

"你以为我还在家里等着？我早上六点钟就上路了。"

"我很高兴你到这儿来。我现在就可以走了。"

莱克尔说："你不承认也没用，奎里，什么事你也赖不掉，我刚才在我妻子的屋里，六号房间，她口袋里装着七号房间的钥匙。

"你别那么愚蠢，匆匆忙忙就下结论，莱克尔。就连毛巾和梳子也不是你想的那么回事。就算她在我的房间洗过脸，那又能证明什么呢？讲到房间的事，我们来的时候旅馆只有这两间房间是准备好的。"

"你把她带走为什么连招呼都不同我打？……"

"我本来想告诉你一声，但是咱们谈别的事来着。"他发现帕金森正倚在酒吧柜台上，目不转睛地盯着他和莱克尔的嘴，好像只有这样才能听懂他们使用的语言似的。

"我正发着高烧，她就离开我跟你走了……"

"你还有仆人可以照料你。她到城里来有些事要办。"

"什么事？"

"我想还是让她自己告诉你吧，莱克尔。女人总有自己的秘密。"

"她的秘密可都让你知道了。做丈夫的反而没有权力……"

"你太爱讲权力了，莱克尔。她也有她的权力。但是我不想站在这里同你辩论……"

"你要到哪儿去？"

"去找我的仆人。我准备这就动身回去。在天黑以前我们还可以在路上走四个小时。"

"我还有许多话要同你谈。"

"谈什么？谈对上帝之爱吗？"

"不是那个，"莱克尔说，"我要谈的是这个。"他把手里的本子打开，伸到奎里面前。那上面翻开的一页标着一个日期。奎里看到那是一本印着横格的日记，格子里是女孩子在学校写的那种工工整整的字体。"读一读，"莱克尔说，"读吧。"

"我不看别人的日记。"

"那么我读给你听，'同Q[1]度过一夜'。"

奎里笑了笑。他说："这倒是真的——可以这么说。我们一块儿坐着喝威士忌，我给她讲了一个长故事。"

"你说的话我一个字也不相信。"

"你该做个乌龟，莱克尔，可是引诱小姑娘的事我还从来没有干过呢。"

"我可以想象到，法庭对这件事会有什么看法。"

"小心点儿，莱克尔。别恫吓我。我可能会改变主意的。"

"我要叫你付出代价的，"莱克尔说，"付出沉重的代价。"

"我怀疑世界上哪个法庭会不相信我同她两个人的话，而只相信你的一面之词。再见，莱克尔。"

"你不能就这样若无其事地离开这儿。"

"我很愿意走开以后，让你疑虑重重。可是那样做对你妻子太不公平了。告诉你，什么事儿也没有，莱克尔。我连吻都没有吻过她。她吸引我的不是那一方面。"

"你有什么权利这样看不起我们？"

"理智些吧。把日记放在原来的地方，什么也不要说了。"

"'同Q度过一夜'。我什么都不说？"

奎里转过来对帕金森说："给你朋友一杯酒喝，跟他谈谈，让他头脑清醒些。你应该给他写一篇报道。"

"决斗会是一篇吸引人的故事。"帕金森若有所思地说。

1　为奎里英文（Querry）的首字母。——编者注

"她很幸运，我不是个性格粗暴的人，"莱克尔说，"好好抽她一顿……"

"这也是基督教婚姻的一部分吗？"

他感到非常疲倦。他这一辈子一直生活在类似今天的这种吵闹中，一出生耳边就回响着这种争吵的声音，如果不小心，他耳朵里还会带着这种喧嚣死去。他不顾莱克尔的叫喊离开了这两个人，向门外走去。莱克尔用半尖叫的声音对他喊："我有权利要求……"坐在汽车驾驶室迪欧·格拉蒂亚斯的身边以后，他心头又平静了。他说："你没有再回到森林去，是不是？我知道你绝不会再把我带到那儿去了……虽然如此，我还是希望……'潘戴勒'离这儿很远吗？"

迪欧·格拉蒂亚斯低着头，一句话也不说。

"算了吧，不说了。"

汽车驶过大教堂的时候，奎里把车停住，走下车去。还是应该把事情告诉她，让她有个心理准备。为了通风，教堂的大门开着，强烈的阳光透过丑陋的红红绿绿的玻璃射进去，比在室外更加刺目。一个神父向圣器收藏室走去，靴子在瓷砖地上发出吱吱扭扭的声音。一个非洲女人摇晃着手里的念珠。这不是使人们进行沉思默想的教堂。这里同市场一样喧闹、杂乱。在侧翼的小礼拜堂的壁龛里立着许多石膏像，有的怀抱着婴儿，有的手上捧着一个流血的心。玛丽·莱克尔坐在圣女小德兰[1]的雕像下面。她选

---

1 十九世纪法国加尔默罗会修女。自幼丧母，体弱多病，24岁因肺病而离世。

择的这个位置不对头。她同这位圣女除了年纪以外毫无共同之处。

奎里问她："还在祈祷吗？"

"也没有正经地祈祷。我没有听见你进来。"

"你丈夫到旅馆来了。"

"哦。"她语气平和地说，抬头望着那位使她失望的圣女。

"他读了你留在屋子里的日记。你不应该把你做的事都记下来——写什么'同Q度过一夜'这样的话。"

"我写的不是真实情况吗？再说我在句子后面还加了一个叹号，那是有意义的。"

"有什么意义？"

"表示这不是严肃认真的话。我们在修道院的时候常常这样，句子后面一加上叹号，修女就不计较了。'院长肚皮快要气破了！'她们管这叫'夸大的符号'。"

"我想你丈夫并不懂得你们女修道院的这套密码。"

"所以他真以为……？"她咯咯地笑起来。

"我同他讲过，让他不要这么想。"

"如果他真的这样以为，我们倒是白白把机会错过了，还不如真的做了什么事呢。你现在到哪儿去？"

"我要回去了。"

"如果你肯的话，我就同你一起走。但是我知道你不会叫我去的。"

他抬头看了看石膏塑像上的那张满脸痴笑的圣洁的面孔，"她会怎么说呢？"

"我不是任何事都同她商量的，也只有在最困窘的时候才这样做。但是，现在我可以说自己陷入窘境了，是不是？一件事接着另一件。我是不是得把孩子的事告诉他呀？"

"最好在他发现之前告诉他。"

"刚才我拼命祈祷，求她赐给我幸福，"她带着不屑的神情说，"我白白希望了一场。你相信祈祷吗？"

"我不相信。"

"你从不祈祷？"

"我想过去我也相信过。在我不相信世界上有巨人的时候。"

他环顾了一下教堂，看了看圣餐台、圣龛、铜蜡烛台和一些欧洲圣徒的雕像，在这片黑非洲大陆上他们苍白的皮肤好像患了白化病。他发现自己心头泛起了一阵淡淡的怀旧之情，但是他又想，每一个到了中年的人都会这样怀念过去的，即使过去充满了痛苦，只要那痛苦和青春连在一起，就会使人思慕不已。如果真有一个叫"潘戴勒"的地方，他想，他也不会费劲儿回到那地方去的。

"你是不是觉得我祈祷是浪费时间？"

"这总比你躺在床上闷头想事情好。"

"你根本就不相信祈祷——或者说不相信上帝，对不对？"

"不相信，"他温柔地说，"当然了，也许我不对。"

"莱克尔却相信。"她说，她称呼他的姓，好像他不再是她的丈夫了，"我希望相信上帝的人总是那些不对头的人。"

"那些修女当然是……"

"啊，她们是以信教为职业的。她们什么都相信，甚至还相信罗瑞托的圣屋[1]。她们也要求我们什么都相信，结果我们的信仰反而越来越少了。"她这样不停地讲话，也许是在拖延时间，不想回旅馆去。她说："有一次我惹了麻烦。我画了一张圣屋安着喷气发动机、高高飞翔的图画。你信的事情多吗——在你还有信仰的时候？"

"我想我就像我给你讲的那个故事里的小男孩一样，总是用道理说服自己，只要把脑子洗了，就什么事都可以相信了——甚至可以相信婚姻、相信天职什么的。可是等到若干年以后，当你发现婚姻或天职都不是原来想象中的样子，最好也就不要再依恋这些事了。信仰也是一样。人们因为害怕老年生活孤独，所以才要结婚；因为怕挨饿受穷，所以才从事一门职业。难道这是理由吗？同样的，为了死的时候有人给你念几句经文就信教，也不是理由。"

"为了养出孩子有人给婴儿念经文是不是信教的理由？"她问，"如果我肚子里有了小孩儿，我就一定得叫他受洗，是不是？我不知道孩子如果不受洗我会不会高兴。我这样想是不是不诚实？咳，如果孩子的爸爸不是他就好了。"

"当然不能说你不诚实。你一定不要认为你们的婚姻已经失败了。"

"啊，是失败了。"

"我不是指同莱克尔，我的意思是……"他用呵斥的语气说，"看在上帝的面子上，别又拿我当例子了。"

1　在天主教徒中有一种传说，认为圣母玛利亚的住所（应在拿撒勒）是在意大利罗瑞托城。

第三章

1

奎里带回来的一种略带甜味的香槟酒是他在吕克所能买到的最好的香槟了，经过卡车三天的颠簸，在过第一个摆渡时车又抛了半天锚，酒味并没有比刚买时好许多。修女们准备了罐头豌豆汤，四只没有什么肉的烤鸡，和一盘甜味煎蛋卷，煎蛋卷的味道很不正，原因是她们用了番石榴果汁做的馅儿。在她们从自己的住房往神父的餐厅端食物时，这些煎蛋卷半路上就都塌陷了。但这一天大家刚刚庆祝完医院上梁典礼，谁也没有心思挑剔食物的好坏。诊所外面搭了一个大棚，神父和修女为在医院工作的麻风病人和他们的家属在几条长桌上准备了丰盛的饮食，职工和非职工都被请来参加。男人有啤酒喝，妇女和儿童可以喝有气泡的果子汁，吃小圆面包。修女们为自己办的筵席对外人保密，听说她们准备的主要是浓咖啡和几盒小甜饼。这些甜饼还是去年过圣诞节时留下来的，现在没准儿已经发霉了。

筵席开始以前先举行宗教仪式。托马斯神父在约瑟夫神父和保罗神父的伴随下围着新建的医院慢慢地转了一圈，一边走一边往墙上洒圣水，出席典礼的人又用蒙果语唱了几首赞美诗，接着便进行祈祷，最后由托马斯神父讲了一篇道。托马斯神父讲道讲得太长了，同时他也没有怎么学会当地人讲的话，所以他的布道词大家都听不大懂。有几个年轻的麻风病人感到不耐烦，偷偷地溜走了。还有一个小孩儿被菲利浦修士抓住，他正在往墙上撒自己身体里的圣水呢。

另外还有一小伙不同信仰的人，在离他们不远的地方唱他们自己的赞美诗。这一伙人同本地的部族一点儿关系也没有，只有曾经在下刚果[1]工作过的科林医生能认出这是些什么人。他们是住在几千公里以外沿海地区的一个惯爱与别人寻衅挑斗的部族。他们唱的歌这里的土著居民谁也听不懂，所以也没有人出面干涉他们。这一天早晨科林医生凑巧到一条很少有人走的小路上去，看见了几辆眼生的自行车。这是这一小伙人从远地来——他们走过漫长的小路，乘过船，又走过公路——的唯一标志。

E ku Kinshasa ka bazeyi ko；

E ku Luozi ka bazeyi ko...

在金沙萨他们是无知的；

1　刚果的一个旧省，也是该国唯一有海岸线的省份。——编者注

在罗子港他们是无知的。

他们不停地唱着这支赞扬自己优越的狂傲的歌曲：他们比自己的人优越，比白人优越，比基督教的神明优越，比他们六个人以外的任何人都优越。他们全都戴着波罗牌啤酒做广告宣传用的尖帽子。

在上刚果他们是无知的，

在天堂他们是无知的，

那些咒骂神灵的人是无知的，

酋长们都是无知的，

白人也都是无知的。

大神恩赞比从来没有被人这样侮辱过——被叫作罪犯，他是一部分非洲人崇奉的神灵。在参加庆典的人中，只有迪欧·格拉蒂亚斯一个人向这些外地来的人那边走了几步，他在这些人同医院之间的一块地上蹲下来。科林医生记起来，迪欧·格拉蒂亚斯小时候也是从西边下刚果地区来的。

"非洲人将来都要变成这种样子吗？"奎里问，他听不懂这些人唱的是什么，但从这些人斜戴着波罗牌啤酒公司尖帽子的样子，他猜到他们的唱词是带着挑衅意味的。

"是的。"

"你害怕未来吗？"

"当然害怕。但是我不想以剥夺别人自由为代价获取自己的自由。"

"可是他们却在这样做。"

"他们是从我们这儿学来的。"

由于这样那样的耽搁，直到太阳快落下去的时候房梁才架到屋顶上，这以后人们开始举行宴会。热劲早已过去，已经不需要诊所外面搭起的凉棚了，但是看到从河那边涌起一团团的乌云，约瑟夫神父认为棚子没准儿会起到遮雨的作用。

托马斯神父要举行上梁典礼的决定不是没有争论的。约瑟夫希望再等一个月，到那时院长可能就回来了。保罗神父最初也支持这个意见。可是后来他们看到科林医生同意托马斯神父的决定后，便不再坚持了。科林医生对他们说："托马斯神父想要举行一次宴会，唱唱赞美诗，就让他过过瘾吧。我需要的是赶快把医院盖起来。"

科林医生和奎里从东边离开了这群人，在远处兜了一个圈子，直到庆祝仪式快结束的时候才回来。"我们这样做还是对的，"医生说，"但不管怎么说，我还是希望院长能参加这次典礼。他高兴同大家热闹热闹，再说，起码这些人也听得懂他的讲话。"

"而且也不会讲得这么长。"奎里说。这时他们周围的非洲人又用带回响的声音唱起另一首赞美歌来。

"反正有你在这儿参加就挺好。"医生说。

"噢，是的。我不走了。"

"我想知道你为什么不走。"

　　"古老的声音。往昔的记忆。你小时候有没有这种情况：一个人躺在床上醒着，听着楼下大人们在讲话？你听不懂他们说的是什么，但是他们的声音叫你听着很安心。我现在就是这种心理状态。我听着他们讲话，自己一声不出，我心里觉得挺舒服。房子并没有失火，隔壁房间也没藏着小偷。我不需要理解他们的话语，也不需要信仰什么。如果有了信仰，我就要思考很多问题。我不想再思考问题了。你们要的这种像兔子笼似的病室，我不用动脑子就可以给你们盖起来。"

　　这以后，在回到教会休息厅喝香槟酒的时候，大家开了许多玩笑。保罗神父被发现为自己多斟了一杯酒。不知是谁——菲利浦修士多半不会开这种玩笑——把一只空香槟酒瓶子装上了苏打水，酒瓶在餐桌上传递了半轮才被发现。奎里想起几个月以前的一个场景。在河边一所神学院里，神父们晚上玩纸牌的时候也是这样互相欺骗、打趣。他因为听不惯这些人的笑声，看不惯他们那种返老还童的嬉戏，一个人逃到外边丛林里去了。可为什么现在他能够同他们坐在一起，和他们一起谈笑了呢？他看到托马斯神父一张板起的面孔甚至非常生气。这些人里面只有托马斯神父坐在餐桌的一角，一本正经、不苟言笑。

　　医生提议为约瑟夫神父祝酒，约瑟夫神父为医生祝酒。保罗神父为菲利浦修士祝酒，菲利浦修士窘得要命，一句客气话也说不出来。让恩神父提议为托马斯神父祝酒，托马斯神父并没有回敬让恩神父。香槟酒差不多已经喝光了，但是有人从柜橱后面找出来半瓶桑德曼牌的葡萄酒，为了延长时间，大家就用饮甜酒的小酒杯喝起来。"英国人就是在吃过饭以后才喝葡萄酒的，"让恩神父说，"这种习惯很特别，也许这是新教徒的习惯，但不管怎么说……"

"你敢肯定从伦理神学上讲这样做没有什么不好吗？"

"只有教会法不同意这样做，反对桑德曼的教会法。但这也是根据那位著名的圣本尼迪克特[1]的解释，那位……"

"托马斯神父，你要不要喝一杯葡萄酒？"

"不要了。谢谢你，神父。我喝得太多了。"

屋子外面的黑暗好像突然间向后一缩，一瞬间人们看到棕榈树在宛如旧照片的那种黄褐色中被风刮得弯下腰来，但马上黑暗又笼罩住一切。一阵狂风卷进室内，把让恩神父的几本电影杂志吹得不断翻动。奎里站起身来，想把门关上，但是走到门前的时候，他又改变了主意。他一直走到屋子外边，把门从身后面掩上。北边的天空又亮了一下，河上出现了一条长长的亮带子。从麻风病人庆祝的地方传来了敲鼓的声音，雷声在遥远处好像接防队伍似的响起了隆隆的答音。阳台上一个人影闪动了一下，借着闪电的光亮，奎里认出那是迪欧·格拉蒂亚斯。

"你为什么不去参加宴会，迪欧·格拉蒂亚斯？"说出这句话以后，他才想起宴会是为那些肢体并不残缺的人以及那些木匠、石匠、泥瓦匠举办的。奎里接着说："是啊，他们盖医

1　让恩神父说的是开玩笑的话。他用酒名自造了几个拉丁词。圣本笃是公元六世纪一个意大利圣徒，但本尼迪克特是法国的一种有名的甜酒，两者拼写相似。

院干的活儿真不错。"迪欧·格拉蒂亚斯没有说什么。奎里又说："你又在计划跑到别处去，是不是？"他点了一根纸烟放在迪欧·格拉蒂亚斯的嘴里。

"没有。"迪欧·格拉蒂亚斯说。

在黑暗中奎里觉得这个非洲人用没有手指的手触了触他。"你有什么事吗，迪欧·格拉蒂亚斯？"奎里问。

"医院盖好了，"迪欧·格拉蒂亚斯说，"你就要走了。"

"啊，不！我不走。我要在这个地方度过我的余生。我不能再回到我来的地方去了，迪欧·格拉蒂亚斯。我不再属于那个地方了。"

"你杀死人了吗？"

"我把什么都杀死了。"雷声逐渐近了，接着雨点就落了下来。开始的时候雨点像一小队搜索兵似的从棕榈树叶下面、从草丛中偷偷爬过来，只听到窸窸窣窣的声音。接着便是大队人马迈着坚定的步伐从河对岸冲杀过来，一直闯到阳台的台阶上。麻风病人击鼓的声音像火焰似的立即被扑灭了，就连雷鸣也被一片嘈杂聒耳的雨声压下去。

迪欧·格拉蒂亚斯一跛一拐地往前走了两步。"我要跟你一起走。"他说。

"我告诉你我不到别处去了，你为什么不相信我的话？再也不走了，直到我死的一天。我准备就埋葬在这里。"

也许雨声太大了，把他的话掩盖住，因为迪欧·格拉蒂亚斯又重复说："我要跟你一起走。"从屋里什么地方传来一阵电话铃声——在喧闹的雨声中，这是唯一的人类的声音，微弱不堪，但又执拗地响着，像是一个幼儿在号哭。

2

在奎里离开屋子以后，托马斯神父说："我们好像向每个人都祝酒了，只是忘掉一个我们最欠他情的人。"

约瑟夫神父说："我们多么感激他，他是知道的。刚才互相举杯祝贺实际上有点儿半开玩笑的性质，托马斯神父。"

"我想等他再进来，我该代表咱们这里所有的人正正经经地对他表示感谢。"

"那你只会让他感到难堪，"科林医生说，"他希望的是，大家谁也不要理他。"雨水乒乒乓乓地敲打着屋顶。因为随时可能停电，菲利浦修士开始点着了餐具柜上的几支蜡烛。

"他到这儿来的那一天对我们大家都可以说是个好日子，"托马斯神父说，"谁能预见到后来的事情呢？这位伟大的奎里。"

"对他自己，那天更应该说是个好日子，"医生回答说，"治疗心灵的创伤比治疗肉体的疾病更为困难，可是我认为他的病已经基本治好了。"

"一个人越是善良，他的心田也就越加贫瘠。"托马斯神父说。

约瑟夫神父带着负疚的心情，看着自己手里的香槟酒，接着他又看了看别的同伴。托马斯神父的神情让大家觉得他们好像是在教堂里破戒饮酒似的。"一个信仰不深的人暂时背教是不会有什么感觉的。"托马斯神父的意见是无可指责的。保罗神父向让恩神父挤了挤眼睛。

"你臆测的事肯定太多了,"医生说,"奎里的情况可能比你想象的简单得多。一个人可能基于不很充分的理由信了半辈子的教,后来有一天他发现信仰错了。"

"你说话就同所有那些无神论者一样,医生,就好像根本不存在上帝的恩佑似的。没有恩佑的信仰是不可想象的,而上帝是从来不会剥夺掉哪个人的恩典慈悯的。只有人们自己,通过他的行动,可以不要上帝的恩佑。我们已经看到了奎里在这里所做的事,他的行动有什么结果不言自明。"

"我希望你听了我的话不要失望,"医生说,"我们治疗麻风病的时候也常常遇到'燃尽'致残的病例。但是我们并不说这样的病人害了什么贫瘠症。我们只是说他的病都发散完了。"

"你是位很好的医生,但是在判断人们精神状态时我想我们还是比你更高明一些。"

"我敢说你判断这种事比我高明——如果真有这种事物的话。"

"你能够发现皮肤上的硬块,我们却什么也看不到。但是另一方面,你也该承认我们可以发觉——怎么说呢?"托马斯神父迟疑了一会儿才说,"……一个人英勇豪迈的精神。"因为雨声很大,大家都把各自的声音提高了一些。就在这个时候,电话铃响了起来。

科林医生说："大概是从医院打来的。有一个病人熬不过今天了。"他走到摆着电话机的餐具柜前边，拿起听筒来，说："谁呀？是克莱尔修女吗？我听不清楚她说什么。"

"说不定她们喝了咱们的香槟了。"约瑟夫神父说。

科林医生把话筒递给了托马斯神父，又回到自己的座位上，"不知道说话的是谁，反正声音非常激动。"

"请你说慢一点儿，"托马斯神父说，"你是谁啊？是海伦修女吗？我听不清楚——雨声太大了。再说一遍，我不明白。"

"算是咱们运气好，"约瑟夫神父说，"修女们并不是天天都举行宴会的。"

托马斯神父气呼呼地转过头来说："你别说话，好不好，神父？你一说话我什么也听不见了。这不是开玩笑的事。似乎发生了一件可怕的事。"

"谁生病了吗？"医生问。

"告诉阿格妮丝嬷嬷，"托马斯神父说，"我马上就过去。我最好找着他一块儿去。"他把话筒放下来，像是个大问号似的弯着腰站在电话机前边。

"什么事，神父？"医生问，"需要我帮忙吗？"

"有谁知道奎里到哪儿去了？"

"他在几分钟以前到外面去了。"

"我真希望院长在这里。"所有的人都惊诧地望着托马斯神父。他说的这句话表明他陷入了极大的不幸之中。

"你还是告诉我们出了什么事吧。"保罗神父说。

托马斯神父说："我真是羡慕你们这些能通过皮肤就检查出病症的医生。刚才你叫我提防着不要失望,算被你说着了。院长也警告过我。他说的意思同你差不多。我太相信人的外表了。"

"奎里干出什么事了吗?"

"在没有把事实全部弄清楚以前,上帝不允许我们谴责任何一个人的。"

门从外面推开,奎里走了进来。一阵风卷着雨点儿刮了进来,奎里费了很大力气才重新把门关好。他说:"从雨量计上看,已经下了半厘米雨了。"

谁也没有吭声。托马斯神父朝着他走了两步。

"奎里先生,你上次到吕克去的时候真是同莱克尔太太一起进城的吗?"

"是我开车把她送进城的。"

"坐咱们的那辆卡车?"

"当然了。"

"她的丈夫当时正在生病?"

"是啊。"

"到底是怎么回事?"约瑟夫神父问。

"你还是问奎里先生吧。"托马斯神父回答说。

"问我什么?"

托马斯神父开始穿雨靴,接着又从衣架上取下自己的一把雨伞来。

"你们认为我做了什么事？"奎里说。他先望了望约瑟夫神父，又转过来看着保罗神父。保罗神父做了个手势，表示他自己一无所知。

"你还是把话对我们讲清楚吧，神父。"科林医生说。

"我得请你同我来一下，奎里先生。咱们得同修女们谈一下，下一步该怎么办。但愿这是个误会。我甚至希望你刚才对我撒了个谎，我也就不会觉得你这个人太无所忌惮了。我不想叫莱克尔在这里找到你，如果他来了的话。"

"莱克尔到这儿来干什么？"让恩神父说。

"他可能来找他的妻子，不是吗？莱克尔太太现在正和嬷嬷们在一起。她是半小时以前来的，一个人在路上走了三天。她怀孕了，"托马斯神父说，电话铃又响了，"说是你的孩子。"

奎里说："真是胡说八道。她对任何人也不可能这样说的。"

"可怜的孩子。我猜想她不敢当面把这件事告诉她丈夫，她从吕克到这里找你。"

电话铃又一次响起来。

"好像这回该轮到我接电话了。"约瑟夫神父说，惶惑不安地向电话机走去。

"你来的时候，我们热烈地接待了你，是不是？关于你的事我们什么都没有问过。我们并没有打探你过去的历史。可你却用这个报答我们，弄出这样一件丑行来。难道欧洲女人对你还不够多吗？"托马斯神父说，"你难道还想把我们这里当作你活动的一个小基地？"托马斯神父一下子又恢复了原来的面目——一个夜里睡不着觉、被黑暗吓得心惊胆战、悲观绝望、神经质的神父了。他开始哭泣起来，拼命攥着手中的雨伞，就像一个非洲人死命抱住一根图腾柱似的。他的样子活像一个整夜孤零零地抛在户外的稻草人。

"你好，你好，"约瑟夫神父对着话筒里喊，"不管你是谁，看在所有圣徒的面子上，你能不能讲话声音大一些？"

"我马上同你一起去见她。"奎里说。

"这是你的权利，"托马斯神父说，"但是她现在不能同你争辩。三天来，她除了一块巧克力之外没有吃任何东西。到咱们这儿的时候，她身边连个仆人也没有。如果院长……怎么偏偏会是莱克尔太太。她对教会做了这么多好事。啊，上帝啊，怎么回事，约瑟夫神父？"

"是医院打来的。"约瑟夫神父长舒了一口气说，把话筒交给科林医生。"死了一个病人是我早就预料到的，"医生说，"谢天谢地，这一晚上到底还有一件事没有离开常轨。"

3

托马斯神父撑着他的大雨伞走在前面。雨已经停了一会儿了，可是伞骨上仍然滴着水珠。只有天空出现闪电的时候，才辨得清他的身影。他没有带手电，但是这一条路他早已走得很熟了。不知有多少份煎蛋卷和蛋奶酥在这条路上遭了殃。突然同闪电一起响了一声惊雷，修女们住的白房子一下子映现在他们面前。闪电击中了附近的一株树木，病院和传教区的电灯一下子全都熄灭了。

一个修女拿着一支蜡烛正在门口迎接他们。她从托马斯神父的肩膀上面望过去，盯着奎里看，倒仿佛她看到的是一个魔鬼。她的脸流露着恐惧、厌恶和好奇的神情。她说："嬷嬷正在陪着莱克尔太太呢。"

"我们进去吧。"托马斯神父沉着脸说。

她带着他们走进一间粉刷成白色的房间。玛丽·莱克尔正躺在一张白漆床上，床头悬着一个耶稣受难的十字架，床边摆着一盏灯。阿格妮丝嬷嬷坐在床沿上，一只手摸着玛丽·莱克尔的面颊。奎里觉得，他看见的是一个长期在国外居住的女儿终于平安地回到家里来了。

托马斯神父像在圣坛上一样，用耳语的声音说："她怎么样了？"

"她没有遇到伤害，"阿格妮丝嬷嬷说，"我是说，在肉体上没有被伤害。"

玛丽·莱克尔在床上翻了个身，抬起头来望着走进屋子来的这两个人。她的眼里闪现着一个决心把谎话撒到底的孩子的那种令人无法怀疑的真诚。她朝着奎里笑了笑说："很对不起。我不得不到这儿来。我吓坏了。"

阿格妮丝嬷嬷把手从玛丽·莱克尔的脸上抽回来。她紧紧盯着奎里，仿佛怕他要动手伤害自己的保护人似的。

奎里温柔地说："你千万别害怕。你吓着了，是因为你走了这么长的路——没有别的。现在你已经安全地来到朋友中间，你就可以解释一下了，你愿不愿意……"他犹豫着没有说下去。

"啊，我愿意，"她低声说，"把什么都说清楚。"

"你告诉他们的事情，他们没有弄懂。关于我们一起去吕克的事，还有你有小孩儿的事，是快要有孩子了吗？"

"是的。"

"那你就告诉他们，是谁的孩子吧。"

"我告诉他们了，"她说，"是你的。当然了，也是我的。"她又添加了一句，好像再补上这样一句话她就会把什么事都解释清楚了，就不会有人责备她了。

托马斯神父说："你听见了。"

"你为什么要这样告诉他们呢？你也知道，这不是真事。我们俩除了那次去吕克从来没有单独在一起过。"

"第一次，"她说，"是我丈夫把你带到我们家里那天。"

如果他感到愤怒，事情就会好办多了，但是他并没有感到愤怒。在一定的年纪中，说谎就同喜欢玩火似的，是一件非常自然的事。他说："你知道，你说的这些都是瞎胡扯。我相信，你绝不想做什么于我不利的事。"

"我当然不想，"她说，"永远也不伤害你。我爱你，亲爱的。我一切都属于你[1]。"

---

1 原文为法语。

阿格妮丝嬷嬷厌嫌地皱了皱鼻子。

"我就是因为这个才来找你的。"玛丽·莱克尔说。

"她该休息了,"阿格妮丝嬷嬷说,"这些事情明天早晨还可以谈。"

"你必须让我同她单独谈谈。"

"当然不行,"阿格妮丝嬷嬷说,"这是不合礼规的事。托马斯神父,你不会答应他……"

"好心肠的女人,难道你以为我会打她吗?只要你一听见她叫喊,就可以立刻进来保护她。"

托马斯神父说:"如果莱克尔太太愿意的话,我们是很难说不的。"

"我当然愿意,"她说,"我就是为这件事来的。"她把一只手放在奎里的袖子上。她脸上的那种悲哀的、堕落而信任的笑容可以同伯恩哈特[1]表演的临死前的茶花女媲美。

当屋里只剩下他们两人时,玛丽高兴地叹了一口气说:"事情就是这样了。"

"你为什么要对他们撒谎呢?"

"不完全是撒谎,"她说,"我真的爱你。"

"从什么时候起?"

"从我跟你一起度过的那天晚上开始。"

"你完全知道,那根本算不得一回事,我们一起喝了点儿威

---

1 莎拉·伯恩哈特(1844—1923),法国著名女演员。

士忌。我给你讲了个故事，让你入了梦乡。"

"不错。我就是那时候爱上你的。不，不是那次。我怕我又在撒谎了，"她带着不太令人信服的委屈神情说，"是从你第一次到我家开始。像闪电一样[1]。"

"你告诉他们我们一起睡觉的时间就是那天夜里吧？"

"我那也是说谎。我真正同你一起睡觉是在参加总督茶会的那天夜里。"

"你在胡说什么？"

"我不需要他。我唯一能做到的是闭上眼睛，心里想着你。"

"我想我应该谢谢你喽，"奎里说，"这么看得起我。"

"我一定就是从那天起开始有的小孩儿。所以你看，我说的并不是谎话。"

"不是谎话？"

"不完全是谎话。如果我不是老想着你，我的全身就要干瘪了，我也就不会怀孕了，对不对？所以从某种意义上讲，这孩子就是你的。"

他望着她，不无敬佩之感。只有研究神学的人才能理解她这一论点的复杂的逻辑，才能分辨真诚的同虚伪的信仰，然而就在不久以前他还认为她这个人非常天真、非常年轻，同她来往是不会有什么危险的。她摆出一副讨人喜欢的面容，对他微笑着，好像正求他再讲一个故事，把上床的时间再向后拖延一会儿。

---

1 原文为法语。

他说："你还是仔细给我说说，你在吕克见到你丈夫以后的情况吧。"

她说："太可怕了。真的太可怕了。我还以为他要把我杀死呢！他不相信日记的事。当天晚上他没完没了地逼问我，最后我实在太累了，就对他说：'好吧。你愿意怎么想就怎么想吧。我跟他睡觉了。在这里睡过，在别处也睡过，在哪儿都同他睡过。'后来他就开始打我。如果帕金森先生不把他劝住，我想他还要打我的。"

"帕金森那天也在吕克吗？"

"他听见我哭的声音，就走过来了。"

"我想他大概是要给你们拍两张照片吧。"

"我觉得他没有拍照。"

"后来怎么样了？"

"后来我丈夫自然知道事情的前后经过了。他想马上回家去，你知道，可是我告诉他我不回去，我得把那件事弄清楚。'弄清楚？'他问。后来他就知道我为什么要到吕克来了。第二天早上我去看了医生，当我知道事情果然不出所料，我连旅馆也没回就到这里来了。"

"莱克尔认为那是我的孩子吗？"

"我极力使他相信，孩子是他的——因为从某种意义上说，孩子确实是他的。"她把胳臂、腿一伸，仰面躺在床上，长舒了一口气说："天哪，我到这里来真是高兴。一个人开车在路上跑把我吓坏了。我路过家的时候一点儿也没耽搁。我连吃的东西都没有拿，帆布床也忘记带了。我就在汽车里睡的觉。"

"你开的是他的车？"

"是他的。但是我想帕金森先生会把他送回家去的。"

"我想我现在就是求你把真实情况讲给托马斯神父听，你也不会讲吧？"

"怎么说呢？我已经把过河回去的渡船烧掉了。"

"你烧掉的是我现在唯一可以栖身的地方。"奎里说。

"我一定得逃出来呀！"她带着些歉意解释说。这是他有生第一次遇到的毫不为他人着想的自私自利，同他自己一样。另外一个玛丽已经对他复仇了。至于"一切属于你"，现在胜利也转到她那一方面去了。

"你想要我做什么呢？"奎里说，"用爱来回报你吗？"

"如果你能爱我，当然很好；如果不能，他们也会把我送回欧洲老家去，是不是？"

奎里走到门口，打开房门。阿格妮丝嬷嬷正悄悄地站在走廊头儿上。奎里说："我能做的事情都做完了。"

"我想，你是在劝说那可怜的孩子保护你吧？"

"啊，对我她当然承认说了谎，但是我没有录音机把她的话录下来。教会不赞成在房间里安装窃听器，真是太遗憾了。"

"我能不能请求您，奎里先生，今后不要到我们这所房子来了？"

"你用不着求我。还是小心提防埋在你这所房子里的这一小包炸药吧。"

"她是个可怜的、天真的年轻姑娘……"

"啊，天真……我敢说让你说对了。上帝保佑，可千万别让我们同天真打交道了。老奸巨猾的人起码还知道他在干什么。"

总闸的保险丝还没有修复，他只能凭双脚踏地的感觉引导自己一步步向教会住房走去。乌云已经移到南面去了，但闪电还在树林和河流上空时不时地闪烁着。在他走到自己的住房之前，首先要经过科林医生的房子。窗户后面点着一盏油灯，医生正站在灯旁边往窗外看。奎里敲了敲门。

科林问："出了什么事了？"

"她还是不肯改口。她只有靠说谎话才能逃走。"

"逃走？"

"逃离莱克尔，逃离非洲。"

"托马斯神父正在同别人说话呢。与我无关，我就回来了。"

"他们要我离开这里吧，我想？"

"我真希望院长在这里。托马斯神父不是个神经非常健全的人。"

奎里坐在桌旁，《麻风病分布图》打开的一页上印着色彩斑斓的旋涡状图形。奎里问："这是什么图？"

"我们管这个叫'鱼儿逆水游'。细菌——这些花里胡哨的斑点——正丛集在神经周围。"

"我刚到这儿来的时候，"奎里说，"本以为已经走得够远了。"

"也许事情很快就会过去的。让他们说去吧。我们俩有更重

264

要的事要做。医院现在已经建成了，咱们可以搞那些我同你谈过的流动医院和新式厕所了。"

"我们打交道的不是你那些病人，医生，不是你那些色彩斑斓的小鱼儿。这些东西我们是可以诊断的。可是这些正常的、健康的人，他们的行动我们事先却没一点儿办法知道。看来我同迪欧·格拉蒂亚斯一样，绝对到不了'潘戴勒'了。"

"托马斯神父管不到我头上来。从现在起你可以待在我的房间里，假如你不在乎在我的工作室里睡觉的话。"

"这我不在乎。但是你不应该为了我的事同他们闹翻了脸。这个地方太需要你了，我得离开这里。"

"你到哪儿去？"

"我不知道。真是奇怪极了，我刚到这儿来的时候，因为觉得自己已经没有疼痛感了，所以忧心忡忡。我在河上遇到过一个传道士，我想他说的话是有道理的。他告诉我，只要耐心等待，疼痛的感觉总会来的。你也跟我说过同样的话。"

"我很抱歉。"

"我不知道我是否觉得不好过。你有一次说过，你记不记得，在一个人感到痛苦的时候，从基督教这一神话的观点来看，他就开始感觉自己具有人的品质了。'我感到痛苦，所以我存在。'有一次我在日记上写了这样一句话。我记不清是什么时候写的了，也记不得写的到底是不是这样的语句。我用的大概不是'感到痛苦'这个词。"

"一旦把病人治愈，"医生说，"我们就不应该叫他白白浪费自己的才能。"

"治愈？"

"拿你来说，已经用不着再做皮肤切片试验了。"

4

约瑟夫神父心不在焉地用法衣下摆揩拭着一把刀子。他说：
"我们绝不要忘记，除了她的话外，并没有别的证明。"

"她为什么要编造这么一个可怕的故事？"托马斯神父反问
说，"不管怎么说，肚子里有小孩儿的事是千真万确的吧。"

"奎里在这里对我们非常有用，"保罗神父说，"我们有理
由对他表示感谢……"

"感谢？他叫我们闹了这么个大笑话，你真的还觉得我们该
感谢他，神父？一个刚果河上的隐士！一个埋葬掉往事的圣徒！
报纸上登的这些故事！真不知道现在报纸又要怎么说了。"

"我看你比他自己更喜欢这些故事。"让恩神父说。

"我当然喜欢。我过去相信他。我本来以为他到这里来的动
机是好的。有一次院长警告我，我还替他辩护来着。我那时候真
没有看出来他的真正动机。"

"你要是知道他的动机，不妨给我们说说。"让恩神父说。
让恩神父说话一板一眼，不动声色，就像他每次讨论伦理神学，
不让任何有关性罪恶的问题带上个人感情色彩似的。

"我只能设想，他离开欧洲是为了逃避牵扯到女人的麻烦事。"

"牵扯到女人的麻烦事？这么说可不恰当。从某种意义上说，我们不都是逃避这种麻烦吗？圣奥古斯丁希望尽量把这件事往后拖，但是人们并不认为这是个好办法。"

"奎里是个出色的建筑师。"约瑟夫神父继续重复自己的意见说。

"你是不是建议叫他继续待在这儿，同莱克尔太太一起在罪恶中生活？"

"当然不是，"让恩神父说，"莱克尔太太明天早上一定要离开这里。听你刚才讲的，他并不想同莱克尔太太一起走。"

"这件事情这样是结束不了的，"托马斯神父说，"莱克尔会要求同他的妻子分居。他甚至会控告奎里，提出离婚的请求。这个非常富于启发性的故事会被连篇累牍地报道。人们看这件事牵连到奎里，一定大感兴趣。如果会长在早餐桌上读到我们麻风病院闹出的这个风流案子，你认为他会很高兴吗？"

"房梁虽然顺利地架上去了，"约瑟夫神父说，"可是要做的事还不少呢！"

"我看不妨再耐心地等一等，这不会有什么坏处的，"保罗神父说，"可能是那个女孩子在撒谎。莱克尔可能并不想采取行动。报纸也可能什么都不报道（他们要让读者知道的奎里并不是这样一幅肖像）。这个故事甚至根本传不到会长的耳朵里——让他读到。"

"你觉得主教就毫无所闻？告诉你，现在这件事在吕克早就传开了。院长既然不在这里，我就要负起责任来。"

"外面有人。要不要我把门打开？"菲利浦修士说。这是他第一次开口讲话。

进来的是帕金森。他被雨浇得浑身透湿，气喘吁吁，一句话也讲不出来。显然他刚才走得很急。帕金森一只手反复摸着自己的心脏，就像怀里揣着一只小动物，需要他不断抚摩安慰似的。

"快给他搬一把椅子。"托马斯神父说。

"奎里在哪儿？"帕金森开口问。

"不知道。也许在他的屋子里。"

"莱克尔在找他呢。他刚才到修女住的地方去，可是奎里已经走了。"

"莱克尔怎么会知道到这里来找他？"

"她在家里给莱克尔留了个条子。我们本来可以赶上她的，可是在过最后一个渡口的时候，我的汽车出毛病了。"

"莱克尔现在在什么地方？"

"天知道。外边黑得要命。没准儿掉进河里了也说不定。"

"他看见他的妻子了吗？"

"没有——一个老修女把我们俩推出来，把门锁上了。我敢说，这可把莱克尔气坏了。从离开这里以后，我们睡的觉加在一起也没有六个钟头。我们在路上走了三天。"

帕金森坐在椅子上，前后摇动着身体，"哎呀，这个过于肥胖的身躯啊！这是莎士比亚的话。我的心脏很不好。"他向托马斯神父解释说。托马斯神父的英语水平不高，很难跟上帕金森的思路。另外一些人也都瞪着眼睛看着，听不懂几句话。大家都觉得，事态的发展已经毫无希望地失去了控制。

"请给我一点儿喝的东西。"帕金森说。在一堆堆的鸡骨头和切碎了没有吃的蛋奶酥中间凌乱地放着许多空酒瓶。托马斯神父在一只酒瓶里发现还有一点儿香槟酒底儿。

"香槟？"帕金森喊叫起来，"我倒宁愿喝点儿杜松子酒。"他瞟了一眼桌上的酒杯和酒瓶，一只玻璃杯里残存着一些葡萄酒。他说："你们过得不错啊！"

"今天是个特殊的日子。"托马斯神父有些困窘地说，他用外人的眼光打量了一会儿杯盘狼藉的餐桌。

"特殊的日子——我想今天也不同寻常。我做梦也没想到能过摆渡。现在又下起这么大的雨来，我看我们多半得搁浅在这儿了。我多么后悔到这个可诅咒的黑色大陆来啊！不要再让我看到黑乌鸦了吧。这是一位不知名的作家说的。"

屋外一个声音模糊不清地在叫喊着什么。

"是他，"帕金森说，"还在别处转悠呢。他快要发疯了。我对他说，我认为信仰基督的人是应该有宽恕心的，可是现在同他讲什么也没有用。"

叫喊的声音越来越近。室内的人已经听清他在叫喊什么了："奎里。你在哪儿，奎里？"

"真是庸人自扰。可能根本就没有什么事。我已经跟他说了。'他俩谈了大半夜话，'我说，'我听见他们在谈话了，如果是情人，他们是不会这样谈话的。总有些时候两人都沉默的。'"

"奎里。你在哪儿呢，奎里？"

"我觉得，他要自己相信已经发生了最坏的事。这就使他同奎里处于平等地位了，你们看不出来吗？两个人争夺一个女孩子。"他又加上了一句很有见地的话，让大家都吃了一惊，"他觉得人们眼睛里都没有他，简直让他受不了。"

门开了，头发凌乱、浑身被雨水浇透的莱克尔出现在门口。他的目光从一个神父转到另一个神父身上，好像要在那里面找到奎里，找到化装成神父的奎里。

"莱克尔先生。"托马斯神父招呼了一声。

"奎里在什么地方？"

"请进来，坐下把事情谈一谈……"

"我怎么坐得下？"莱克尔说，"我正在忍受着痛苦的折磨。"但他还是坐下了，他选择的椅子不对头——椅背啪的一声脱榫了。"我在经受着一个可怕的打击。我把我的灵魂之窗向那人打开，我向他暴露了我最隐秘的思想，他却这么报答我。"

"咱们安安静静地谈谈，理智一些……"

"他嘲笑我，蔑视我，"莱克尔说，"他有什么权利蔑视我？我们在上帝的眼睛里都是平等的。我这个可怜的种植园主，地位一点儿也不比这个伟大的奎里先生低。他破坏我们基督教的婚姻。"莱克尔说话的时候酒气熏人。他又接着说："再过几年我就要退休了。难道他想让我用我的退休金养着一个私生子？"

"你在路上走了三天了，莱克尔。你需要好好睡一觉，休息休息。以后……"

"她总是不愿意跟我睡觉，总是找借口推三阻四，可是他一来，就因为他是位名人。第一天他们就……"

托马斯神父说："我们都不想把这件事弄得满城风雨。"

"医生在哪儿？"莱克尔厉声问道，"这两个人总是形影不离。"

"医生在他的住房里。他同这件事一点儿关系也没有。"

莱克尔向房门走去。他在门口站了一会儿，仿佛他临下舞台的时候忘了一句台词似的，"没有哪个法官是会判我的罪的。"莱克尔没头没脑地说了这么一句，就消失在户外的黑夜与大雨中了。出现了片刻的寂静，没有一个人开口。最后约瑟夫神父问道："他说这句话是什么意思？"

"明天早上我们就会觉得今天的事真是太可笑了。"让恩神父说。

"我可看不出这件事有什么可笑的地方。"托马斯神父回答说。

"我的意思是说，这件事好像我们读过的宫廷闹剧。……一个受了伤害的丈夫像没头苍蝇似的钻来钻去。"

"我从来不读宫廷闹剧，神父。"

"有时候我觉得，上帝赋予人类性机能并不是非常严肃认真的。"

"如果你在教伦理神学的时候也把这个当作一条教义的

话……"

"他创造伦理神学也并不是非常严肃的。不管怎么说，圣托马斯·阿奎纳就认为上帝是在游戏中创造的世界。"

菲利浦修士说："对不起，我要出去一下……"

"你很幸运，没有担承我负的责任，让恩神父。不论圣托马斯写下了什么，我也不能像读宫廷闹剧那样看待这件事。你上哪儿去，菲利浦修士？"

"刚才他说什么法官，神父，这使我想到……嗯，也许他把手枪带来了。我觉得我该去告诉……"

"这太过分了。"托马斯神父说。他转过头来用英语问帕金森说："他带着手枪吗？"

"我真的不知道。现在有不少人总是随身带着枪，是不是？但他是没有胆量动用手枪的。我跟你们说了，他只不过想让人觉得他是个了不起的人。"

"如果你允许的话，神父，我想我还是到科林医生那里去一下。"菲利浦修士说。

"小心点儿，修士。"保罗神父说。

"啊，对于枪支的事我是很在行的。"菲利浦修士回答说。

5

"有人在喊叫吗？"科林医生问。

"我没听见。"奎里走到窗户前边，向外面的黑夜看了一眼。他说："我希望菲利浦修士取回个灯来。我该回去了。我没带手电筒。"

"现在不会有电了。已经十点了。"

"他们会马上要我离开这里，他们会这样吧？但汽船在一周内是不可能来的。也许谁可以开车把我送走……"

"下过这场雨以后，我怀疑路还通不通，而且看样子雨还要下。"

"那么我们倒有几天工夫可以谈谈你朝思暮想的流动医院了，是不是？但我可不是工程师，医生。在这件事情上菲利浦修士对你的帮助比我的更大。"

"我们现在是凑合着过日子，"科林医生说，"我想要的是一所装在轮子上的活动房屋，可以安装到半吨重的卡车底盘上。我画的那张纸哪儿去了？我想叫你看看我想的一个主意……"医生打开书桌的抽屉。抽屉里有一张女人的照片。它埋伏在那里面，等待着，外人无从见到。上面没有一点儿积尘，抽屉每次打开照片都在那里。

"我会想念你这间屋子的——不论我以后到了哪儿。你还从来没有同我谈起过你的妻子呢，医生。她是怎么死的？"

"她得的是非洲昏睡病。我们刚到这里来的时候，她经常到丛林里去，劝说那些麻风病人到这里来就医。当时我们还不像现在，对非洲昏睡病还没有有效的药物。得了这种病的人死得很快。”

“我有一个希望。我愿意将来也同你、同她埋在一块地里。我们三个人会在整个墓地上形成一个无神论者的角落。”

“我怀疑你是否有资格被称为无神论者。”

“为什么我没有资格？”

“你为自己没有宗教信仰而深深地苦恼着，奎里。你总是想这个问题，就像一个人老惦记着身上的一块伤痛，总去摸弄它似的。我对于神话采取一种听之任之的态度，你却不能——你要么就相信它，要么就不相信它。”

奎里说：“外面有人在喊谁的名字。我本来想是在叫我……不管喊的是谁的名字，一个人总是觉得别人在叫自己。只要有一个音节相似就成了。我们就是这样自私的人。”

“从你这种像失去了什么的样子来看，过去你的信仰一定是很深的。”

“从前我把他们的神话一股脑儿吞咽下去，如果你把这个叫作信仰的话。这是我的肉体，这是我的血液。现在我再读这些，我就觉得这是一种象征性的说法。但是你怎么能希望一些可怜的渔夫能分辨出象征意义来呢？只有在迷信的时刻我才想起我是在放弃信仰之前就不再参加圣餐礼了。神父会说这两件事是互相关联的。莱克尔会说这是拒绝上帝的恩佑。让他们说去吧，我却认为信仰也是一种天职，而在大多数人的脑子里或心里是装不下两种天职的。我们如果真的相信什么，就不会有什么选择，只能继续向前走下去，你说对不对？不然的话，生活就会慢慢地把他的信仰消磨掉了。我的建筑停滞住，不再发展了。一个人不能是个半心半意的教徒，也不能是个半心半意的建筑家。"

"你的意思是说，你连半心半意的也不是了？"

"也许我对这两件事都没有很强的天职感，我过去的那种生活把它们都毁掉了。要想抵制住成名的诱惑，需要有一种很强烈的天职感。受人欢迎的传教士或者享有盛名的建筑家——他们的才能都很容易被厌腻毁掉。"

"厌腻？"

"对人们的赞颂感到厌腻。赞颂是多么愚蠢的事，医生，它是多么叫人从心里感到恶心啊！那些糟蹋掉我的教堂的人正是事后用最大的嗓门儿夸奖我的建筑的人。他们写的那些评论我的建筑的书籍，他们硬加在我头上的虔诚的动机——简直令我对我的绘图板也感到讨厌了。要抵制住这些东西需要有更多的信仰，比我拥有的那一点点儿要多得多。神父们和虔诚教徒们——像莱克尔这类人对我的赞颂！"

"大多数人对于成名似乎都能心安理得地接受。可是你却逃到这儿来了。"

"我想我的各种疾病都已经治好了，连厌腻感也没有了。从我到这儿来以后，我觉得很幸福。"

"是的，尽管你也是个残缺不全的人，但你学会运用手指的速度还是很快。只不过你好像还有一处创伤没有治好，你总是摸弄它。"

"你弄错了，医生。有时候听你说话简直像托马斯似的。"

"奎里！"外面有人喊，这回喊声清清楚楚，一点儿也不会听错，"奎里！"

"这是莱克尔，"奎里说，"他一定是跟踪自己的老婆跑到这儿来了。我真希望那些修女别让他进去和她见面。我最好出去同他谈谈……"

"你等他冷静一会儿再出去。"

"我得让他头脑清醒过来。"

"那也不妨等明天早上再说。夜里人们的头脑是很难清醒的。"

"奎里，奎里。你在哪儿，奎里？"

"真是太荒谬了，"奎里说，"怎么会偏偏叫我碰上这种事！清白无辜的通奸者。这倒是一出喜剧的名字。"他的嘴角动了一下，欲笑不能，"把灯借给我。"

"你最好还是别出去，奎里。"

"我不能在这儿听着他叫喊啊。他正在外面大叫大嚷……这会让托马斯神父更有理由认为这是件丑闻了。"

医生不太情愿地跟着他走出去。暴风雨这时又兜转回来，从河对面猛烈地向他们吹打过来。"莱克尔，"奎里大声喊，把手里的灯举起来，"我在这儿。"一个人朝着他们跑过来，但是等这人走进灯光照射的地方，他们才看出来那是菲利浦修士。"请你们快回屋子去，"菲利浦修士说，"把门关上。看样子莱克尔带着一把手枪。"

"他还不会那么没有理智，动用武器的。"

"但是你们最好还是……免得弄出不愉快的事来。"

"不愉快的事……你可真会轻描淡写，菲利浦修士。"

"我不懂你说的是什么意思。"

"不懂就不懂吧。我可以听从你的劝告，藏在科林医生的床底下。"

他刚走了几步就听见了莱克尔的声音："站住。不要躲我了。"接着一个人影摇摇晃晃地从黑影里走出来，语气带着些抱怨似的说："我到处找你。"

"我不是在这儿吗？"

三个人都看着莱克尔的右手插在衣袋里。

"我要同你谈谈，奎里。"

"谈吧。你谈完以后，我也有话要同你谈。"出现了片刻的沉寂。麻风病院里一只狗汪汪地叫起来，一道闪电像闪光灯似的倏地一下子把他们都照亮了。

"我在等着你谈呢，莱克尔。"

"你——你这个背叛者。"

"咱们是要在这里讨论宗教问题吗？我承认关于爱上帝的道理你知道的比我多。"

莱克尔的答话前一部分被雷声盖住了。最后一句像两条腿似的从瓦砾堆里伸出来：

"……劝我说，她写的东西没有任何意义，可是你一定早就知道她要生孩子了。"

"你的孩子，不是我的。"

"那你就想办法证明吧。你最好证实这件事。"

"根本没有的事是很难证实的，莱克尔。当然了，医生可以检查一下我的血型，但是还需要等六个月才……"

"你怎么敢笑话我？"

"我没有笑你，莱克尔。你的妻子把咱们俩都整得够呛。我相信她不懂得什么叫撒谎，否则的话，我一定要叫她作谎话精了。她认为只要能保护住自己，只要能让她回到她的幼儿园里去，不论她说什么都是真事。"

"你同她一起睡了觉，现在又侮辱她撒谎，你真是脓包，奎里。"

"也许我是的。"

"也许，也许。我说什么也不能把这位奎里惹得发火，是不是？这个人他妈的可太狂妄了，他的眼睛里根本没有我这样一个椰油工厂的小经理。你要知道，奎里，我同你一样，灵魂也是不朽的。"

"我并没有想要自己的灵魂不朽。你愿意当个重要人物，莱克尔，这是你的事，我管不着。除了在你的眼睛里，我不是什么伟大的奎里。起码我不是这样看待我自己的。"

"请到修道院去吧，莱克尔先生，"菲利浦修士说，"我们在那儿给你安排一张床。休息一夜，大家的情绪就会好起来了。早上起来再冲个冷水浴。"他又添加了一句。好像在给他这句话做说明似的，一阵暴雨这时突然浇灌到他们身上。奎里喉咙里发出两声奇怪的咯咯的声音，医生听出来这是他的笑声，紧接着莱克尔就开了两枪。奎里手里的灯落在地上，摔碎了。在灯芯没有被雨水浸灭以前，火焰突地闪烁了一下，照亮了一张咧开的嘴、一对惊诧莫解的眼睛。

医生慌不迭地跪在泥泞的地上，摸索着奎里的身体。莱克尔的声音说："他在笑我。他怎么敢笑我？"医生对菲利浦修士说："我这里是他的头，你能不能摸到他两条腿？咱们得赶快把他抬进去。"他又对莱克尔喊道："快把你的枪放下，你这疯子。快来帮一下。"

"我不是笑莱克尔。"奎里说。医生紧贴在他身上，奎里的声音非常微弱，几乎无法听见了。医生说："别说话了。我们这就把你抬进去。你会好的。"

奎里又说："我在笑我自己。"

他们把他抬到走廊上，放在一个雨淋不到的地方。莱克尔拿来一个垫子放在奎里脑袋底下。他说："他不应该笑。"

"对他来说，笑是非常难得的事。"医生说。就在这个时候他们又听见了一个暗哑的、似笑非笑的声音。

"荒谬啊，"奎里说，"太荒谬了，不然的话……"但不然又会怎样？奎里想的是哲理上还是心理上的问题？他们永远也不会知道了。

6

葬礼举行过后几天，院长回来了。他同科林医生一起来到墓地上。他们埋葬奎里的地方离科林夫人的坟墓不太远，但中间还是留了一块空地，准备将来有一天科林医生也要在这里长眠。由于情况特殊，托马斯神父在十字架的事上让了步——坟墓前面只插了一块硬木板子，刻着奎里的姓名和生卒年月，而且也没有举行天主教的殡葬仪式，只有约瑟夫神父在墓前非正式地读了一段祈祷文。不知是谁——多半是迪欧·格拉蒂亚斯——在坟旁边放了一个装果酱的罐头瓶，里边插了一把奇怪地编结在一起的树枝和花草。这不像是奉献给死者的花圈，倒是像给邪神恩赞比的供物。托马斯神父很想把它扔到一边去，但被约瑟夫神父拦住了。

"在天主教徒的墓地上摆着这么一个玩意儿，真让人捉摸不透。"托马斯神父抗议说。

"他本人就让人捉摸不透。"约瑟夫神父回答说。

倒是帕金森在吕克买了一个正式的花圈，飘带上写的字是："我最爱大自然，其次我爱艺术。——勃朗宁。《邮报》三百万读者敬献。"

帕金森把花圈拍了照，留待日后派用场。但这次他表现出意料不到的谦逊，竟没有把自己拍进照片去。

院长对科林说："我真后悔当时不在这里。说不定我能够管住莱克尔。"

"早晚会发生点儿什么事的，"科林说，"他们不会放过他。"

"你说的'他们'指的是谁？"

"那些愚人，那些爱管别人闲事的愚人，这种人到处都有，是不是？奎里什么都治愈了，只除了他过去的名声，这也就像我无法把溃烂掉的手指、脚趾再还给残疾的病人一样。我把治愈的人送回城去，但在商店、在街头，他们总是受到别人的注意，到处有人盯住他们。名声也跟这个一样——是一个自然人身上的残缺。你跟我走一条路吗？"

"你上哪儿去？"

"到诊所去。我们在死者身上已经耽误了不少时间了。"

"我跟你走一小段路。"院长在自己衣服的口袋里摸了摸，想找一支方头雪茄，但是没有找到。

"你离开吕克之前见到莱克尔了吗？"科林问。

"当然见到了。我们让他在监狱里过得挺舒服。他去做过告解，还准备每天早上都去领圣体。他在卡里古-拉格兰监狱里干活儿很卖力气。而且，当然了，他在吕克已经成了英雄人物了。帕金森先生已经把访问他的报道用电报拍回报社去，过不了多久，大城市的记者就会一窝蜂似的赶到吕克来了。我猜想帕金森先生的文章题目一定是'隐士之死——一个失败的圣徒'。当然了，用不着开庭就知道审讯的结果。"

"无罪开释？"

"那还用说？情杀罪[1]。每个人都得到了自己所要的东西——

1　原文为法语。

结局人人满意，是不是？莱克尔觉得自己不论在上帝面前还是在社会上都成了一个重要人物。他甚至还同我谈起可能要向罗马的比利时学院提出请求，解除婚约。莱克尔夫人不久就可以获得自由回家去了，孩子由她抚养。帕金森先生这回可有故事写了，真是他始料不及。顺便说一下，我也很高兴：奎里再也读不到他的第二篇连载报道了。"

"对于奎里来说，你不能认为是个好结局吧？"

"结局不好吗？他生前本来总是要继续往远处走的。"过了一会儿，院长不太好意思地加了一句，"你认为他同莱克尔太太之间真有什么事吗？"

"我不信。"

"我感到惊异。从帕金森的第二篇报道判断，奎里似乎是个很有本领的人，在——唔——在他们所谓的爱情方面。"

"这我倒不敢说。他自己也不这么认为。有一次他告诉我，他这一辈子只是使用女人，但是我想他总是这样把自己看作最冷酷无情的人。我有时甚至怀疑他是否害了冷漠症。就像女人需要不断地更换男友，总希望有一天能够真正体会到亢奋似的。他告诉我在他还没有失去信仰的时候，总是能够很有效地进行各种爱情的动作，甚至对上帝的礼拜仪式也总是一丝不苟，但后来他却发现除了对自己的工作外，实在没有什么爱情可言，所以最后他就放弃那些动作和姿势了。又过了一段时间，在他甚至无法假装自己感到的是爱的时候，他连工作的动力也没有了。这就像是疾病已经出现了危象——这时病人连求生之欲也没有了。有些人就是在这种时候自杀的，但奎里没有自杀，他很顽强，非常非常顽强。"

"你刚才说他的病好像已经都治好了。"

"我真的认为他已经好了。你知道，他已经学会了为别人服务，而且还学会笑了。尽管他笑的样子很特别，但那仍是一种笑。我是很怕那些不会笑的人的。"

院长又有些不好意思地说："我本来以为你也许是说他又开始找到他的信仰了。"

"啊，不是，我不是那个意思。我只是说他找到了生活下去的理由。你总是想把什么事都套在一个模式里，神父。"

"如果有个模式的话……你有没有雪茄？"

"没有。"

院长说："我们都太喜欢行为动机了。我有一次同托马斯神父说过。你记得帕斯卡说的一句话：人只要开始寻找上帝，就已经寻到上帝了。爱也是这样——我们在寻找它的时候，也许就已经找到它了。"

"他过去寻找爱——我知道的一些事情都是他自己讲的——总是在一个地方——女人的床铺上。"

"在那个地方寻找爱倒也不错。很多人只能在那里找到恨。"

"莱克尔就是这样一个人吧？"

"我们对莱克尔了解得还不够，不该谴责他。"

"你真是太固执了，神父，一个人也不肯放过，是不是？就连奎里你也想拉过来。"

"你也是这样的。在病人断气以前我还没有看见过你撒手不管的。"

他们已经走到诊所。被太阳晒得很热的水泥台阶上坐着一些麻风病人，他们在等着发生点儿什么事。在新建的医院墙边倚着几架梯子，通到屋顶，正在进行最后的修建工作。不久以前的一场暴风雨把房梁打歪了，但由于有粗壮的绳子捆绑着，房梁没有落下来。

"看了你的账目，我发现你已经不再给病人服维生素丸了，"院长说，"在这件事上打算盘合适吗？"

"我不相信贫血是由于服用D.D.S.。贫血是钩虫病引起的。建筑厕所比买维生素丸要省钱多了。这是咱们下一步的建筑计划。我的意思是说，早就该修建厕所了。今天有多少病人？"他转过来问药剂师说。

"大概有六十个。"

"你的上帝要是看一看他创造的这个世界，一定会感到有些失望的。"科林医生说。

"小时候你的神学课一定没学好：上帝既不会感觉失望，也不会感觉痛苦。"

"也许正是因为这一点我才不大愿意相信他。"

医生在诊桌前坐下，抽出一张空白的卡片来。"一号。"他叫道。

一号是一个三岁的小孩儿，光着身子，小肚子鼓鼓的，下边露着小鸡鸡，一根手指头插在嘴角里。在医生摸弄小孩儿脊背的时候，孩子的妈妈一直在旁边等着。

"我知道这个小家伙，"院长说，"他总是来找我要糖吃。"

"这孩子已经感染了，"科林医生说，"你摸摸这儿和这儿。"他好像抑制着一肚子怒气似的又接着说，"但是你用不着为他发愁。我们用一两年的工夫就能把他治好，而且我可以向你担保，他的肢体绝对不会落下残疾的。"

马上扫二维码，关注"熊猫君"

和千万读者一起成长吧！